喜欢自己现在
这样的洒脱和一点点的自我
我想
如果我一个人某天
在某个角落发呆 那
也是一种幸福

即使这里不预约爱情
我想至少
可以让灵魂自我一点

爱情
更像是一件奢侈品
不是所有的人
都能消费得起

www.allenclub.com
Allen story

阿伦，Allen，原名张洪黔，笔名北野，1971年生。贵州作家协会安顺分会会员，著有《懒得恋爱》、《小城故事》、《无轨列车》、《深圳行》等多部小说。

1992年毕业于贵州安顺师范专科学校；1996年毕业于新加坡国立大学，获中文MBA学位。在语言、经济、传媒等领域接受过系统的专业培训。

拥有酒吧连锁品牌"阿伦故事"，被业界誉为"中国酒吧连锁第一人"、"娱乐界的点子王子"、"中国酒吧连锁大王"。

经历丰富，追求完美。

人生的目标之一：把"阿伦故事"打造成全球最大的酒吧连锁集团。
之二：在自然与文字之间行走……

● 张洪黔 著

情迷翡翠冷

ALLEN STORY
阿 伦 故 事

重庆出版社

图书在版编目（CIP）数据

情迷翡翠冷 / 张洪黔著，—重庆：重庆出版社，
2005.9
　ISBN 7-5366-7344-2
　Ⅰ.情…　　Ⅱ.张…　　Ⅲ.短篇小说－作品集－中国
－当代　Ⅳ.1247.7

中国版本图书馆CIP数据核字（2005）第097911号

QING MI FEI CUI LENG

情迷翡翠冷

——阿伦故事·阿伦文学系列

张洪黔(Allen) 著

责任编辑：杜　虹
装帧设计：山　青　卢汉彬
插图：江　海
重庆出版社出版、发行
重庆长江二路205号
新华书店经销
四川省成都市新都华兴印务有限责任公司 印刷

开本 680mm×960mm 1/16 印张
印张6.75
字数 100 千字　插图 76 幅
2005年9月第1版
2005年9月第1版第1次印刷
印数1-15000册

ISBN 7-5366-7344-2/Ⅰ·1264
定价：28.00元

Contents

Contents

这段感情结束，马晔没有流泪。她觉得她无法责怪木子，世界毕竟是现实的，能够抓住目前才是真正美好的。她也许会长久记得那个寂静的酒吧夜晚，木子所带给她的惊喜，一片漆黑中，他说他爱她。那种浪漫，恐怕再也不会拥有。从此，她只能站在遥远的地方注视着他，他的荣辱悲欢都不再与她有关系，短暂的恋情呵，就这样各奔东西……

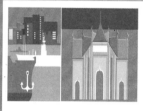

最后我选择了去一个遥远的城市，选择那里完全是因为杜拉斯的那本小说《情人》，码头、轮渡、汽笛、遗留的法式建筑……

女孩应该穿着格子棉衬衣和牛仔裤，如杂志上一样，梳着两条麻花辫子。女孩应该和孩子们开心笑着。她的脸上和那些孩子一样，应该已经出现了高原红，看上去朴素和健康。

"我一直觉得他比我小，而且以前从来没重视过他的存在，但自从上次在这里再次相遇，我觉得他简直变得又儒雅又帅气了，难道男人也会'男大十八变'？"

只有天使有翅膀

ALLEN STORY

只有天使有翅膀

一般丽人多夸张，喜欢用"哇噻"，配合她们的樱桃小嘴，的确风情万种。你不一样，你很美丽但并不浅薄。

那时候刚好下着雨，坐在"阿伦故事"落地窗前的摇椅上，看雨点打在玻璃上，敲出无数寂寞的雨花。

爱尔兰咖啡在浓厚的奶油下，散发出一种略带苦味的香气，我在翻看一本杂志，那上面有我的一篇短篇小说《天使的梦想》。

我很欣赏题记：只有天使有翅膀，留下苦难的人类在地面挣扎。

我的思绪被一声清脆的电话铃声打断。我静静地注视着桌面这部粉红色的电话足有半分钟，终于受不了它锲而不舍的尖叫声，抓起了它。电话那边沉默良久，才有一声略带低哑的问候："我已经第三次看见你一个人坐在相同的位置上喝着相同的东西。"

"哦！"我淡淡地应了一声。

"我坐在你的后面，要了一杯同样的东西，告诉我，这东西有什么喝头？"他的普通话非常标准。

我笑了笑："爱尔兰咖啡的优点在于它比较含蓄，不那么张狂。"

一阵短暂的沉默："解释一下吧。"

"你瞧，在厚重的奶油覆盖下，威士忌和咖啡的香气已融为一体，当你能够感觉到它的香味时，已经是经过了沉淀和孕育的精华。"

又一阵短暂的沉默："你说出的话和你的外形非常的不配。"

我忍不住问："为什么？"

"一般丽人多夸张，喜欢用'哇噻'，配合她们的樱桃小嘴，的确风情万种。你不一样，你很美丽但并不浅薄。"

我笑笑："如果你是在恭维我呢，倒还能恰到好处，谢谢！"然后挂断电话。

良久，侍者端过来一杯很漂亮的特饮和一张叠成船形的便笺。我慢慢地展开，里面只有一行字："你都不回过头来看看我长什么样吗？想通了给我写信吧。14#。"龙飞凤舞的一行字使我开始以另样的眼光看他，可惜他走了，只留下了他的信箱号：14#。

以后的每个周五，我都会在"阿伦故事"留言板上看见他给我的留言。

如果天下雨，留言板上会留下：104#，看见风铃吧上那只奶黄色的公主伞吗？你今晚就撑它回家吧！14#即日。

当我略带得意地撑起那把伞时，才发现那居然是一把儿童玩具伞，结果可想而

在厚重的奶油覆盖下

威士忌和咖啡的香气已融为一体

当你能够感觉到它的香味时

已经是经过了沉淀和孕育的精华

知，我白色的羊绒大衣变成了奶黄色。

下一个星期五，"阿伦故事"留言板上又有他的留言：104#，抱歉弄污你的衣服，没想到你居然穿一件白色羊绒大衣，我省吃俭用一个月，赔你一件新的。14#即日。

那件新衣真是帅呆了，惹得"阿伦故事"里的促销小姐个个眼热，在她们关切的眼神关注下，我把标价扯了出来，这一下连我也忍不住"哇噻"了。

如果只有千把块钱，或许我会接受这件漂亮的大衣，然而过于昂贵的价格令我望而却步。我把它叠好，交还给吧台，然后留了一封短信给14#，告诉他我不能接受这么贵重的礼物。

那以后足有半年的时间，我既没有收到他的短信，也没有看见他的留言。

我依然喜欢在周五到"阿伦故事"去坐一坐，喝一杯爱尔兰咖啡或是一瓶爵士，听听音乐，写点儿东西，有时候也电话聊聊天。

然而我最喜欢的还是在雨夜一个人静静地坐在"阿伦故事"，看雨花，品咖啡。

有时候我会想起那个神秘的14#，半年了，我还不知道他长什么样。

那半年的时间，我一直在写我的长篇小说——《只有天使有翅膀》。不知不觉间，14#居然走进我的小说，我的小说中有"阿伦故事"，有那个精彩的风铃吧，甚至那把奶黄色的玩具伞，还有辉——穿白色风衣，开白色奔驰的辉，出于一种特殊的对"4"的偏爱心理，我给他的白色奔驰的车牌号是0505114。不知为什么，自从14#送给我那件白色的羊绒大衣后，我总想像他也穿白色风衣。

为什么当初不转过身去看看他呢！

进入五月份，我开始不停地接到喜讯，我的第一篇英文小说将由美国的一家出版社出版发行，我应邀于5月中旬前往美

国访问。接着，我的《只有天使有翅膀》也被国内一家较有名气的出版社选中。

在踏出出版社大门的瞬间，我被成功的巨大喜悦所笼罩，我当时看上去一定是容光焕发。当电梯门在我面前打开时，我笑盈盈地居然忘记踏进电梯。

"小姐是上还是下？"电梯里的小伙子善意地提醒我。

"谢谢！"我忙不迭地跨进电梯。抬头打量间，竟发现他和我小说中的辉有着同样造型——一袭白色的风衣，深绿色领带。

"真够巧的！"我心想，一圈笑意在脸上漾开。

"怎么一个人偷着乐？"他仿佛我的老熟人似的。

我有点儿不好意思："你和我小说中的男主角长得挺像的。"

他一下乐开了花："你写小说？还有这种说法——说我长得像男主角？"

我忽然捡回我所有的自信："总有一天我的小说会被拍成电影的，我想像中的男主角就是你这个样子的！"

"你这么漂亮的女孩子？真是不可思议！"

我笑了，他问我小说叫什么名字，我告诉他叫《只有天使有翅膀》。

我们在出版社大楼前分手，看着他白色的风衣潇洒

地从我面前飘走，我有种怅然若失的感觉。

五月下旬，我从美国飞回成都，中途在墨西哥短暂逗留，三天的工夫双臂被晒得又黑又红。在墨西哥机场，我托运了大包小包之后便一个人静静地坐在候机厅。那是五月的傍晚，候机厅里有种热带地区常有的潮润的气息。我穿着一袭及地的墨西哥土著长裙，斜条纹，无袖低胸，一串在本地集市上买的长长的链扣似的项链，一根独辫子，这使我看上去有几分异国情调。候机厅里充斥着各种肤色的人群。

听到我的航班号，我随着人群走向登机口。及地长裙使我行动很不便，我远远地落到人群后面，当我向安检人员出示登机牌时，距飞机起飞已经没有几分钟了。

正待登机，我感觉一串重重的金属物落在脚旁，弯腰捡起来，是一串非常精美的钥匙——一定是旁边这位匆匆赶来的先生的，我举起钥匙准备还给他。那几秒钟的时间，钥匙在手心滑过的一瞬间，我看见一把非常熟悉的钥匙——一把精巧的，印有"阿伦故事"字样的钥匙，我来不及诧异，赶紧查看钥匙的背面，"14#"！我感觉心跳在加速，举着那把钥匙，我定定地看着面前这个皮肤被晒得黝黑的小伙子，一种似曾相识的感觉，我拼命在记忆中寻找——不就是那个电梯里穿着白色长风衣的小伙子吗？

他也在打量我，从我手中接过钥匙的片刻，他咧开嘴笑起来："没想到是

候机厅里充斥着各种肤色的人群。听到我的航班号，我随着人群走向登机口

你，你在拍墨西哥风情片吧？打扮得这么性感迷人。"

我笑了，找到一种久违的亲切感："没想到你就是14#。"

我们的航班经过一次中转到达成都时已是次日的深夜。我们约好那周的周五在"阿伦故事"见面，然后非常洒脱地道"再见"。看他高大的背影消失在夜色中，我心中涌动着一种莫名的忧伤。

我又来到"阿伦故事"，接连几个周末，我在"阿伦故事"靠窗的摇椅上等14#，可他再也没有出现过。我试图在"阿伦故事"资料库里找到他的电话，却发现那一栏是空白。我在一杯又一杯的咖啡中，品尝寂寞的滋味。

渐渐地，14#开始淡出我的生活，我在渐渐忘却他的同时也找回了我往日宁静的心绪。时间飞快地流逝，眨眼间又到了圣诞节。

圣诞仍然是我一个人的节日。

"阿伦故事"的圣诞节可以用人山人海来形容，我从喧嚣中逃离出来，想在门口呼吸一下新鲜的空气，门口一溜儿排开的车一直排到周家桥头——可谓壮观。一部崭新的白色奔驰吸引了我的目光，它的车牌号"川V-0505114"，怎么这么熟悉？

当我怀抱一大束玫瑰从右边楼梯口下楼时，楼梯口的聚光灯一下全部打开了。

"只有天使有翅膀"，我在心中惊呼，那是我在小说中给他安排的车和车牌号，他在里面，他就在"阿伦故事"！

　　我冲进去，一股热浪迎面扑来，主持人"寻找灰姑娘"的话音刚落。我在人群中寻找他——14#，却不停地有人将"灰姑娘"的选票（一枝红玫瑰）递给我。当我怀抱一大束玫瑰从右边楼梯口下楼时，楼梯口的聚光灯一下全部打开了。笑盈盈的主持人拿着无线麦克风走到我面前，宣布找到了灰姑娘。我在掌声、尖叫声中走上舞台，去穿灰姑娘的"水晶鞋"——一件时装外套，主持小姐替我把那件时装穿上身时，掌声更加热烈，尖叫声也是此起彼伏。尽管在舞台的强光照射下，时装的色彩不十分真切，我还是一眼认出了这件时装——那件价格不菲的白色羊绒大衣。

　　我的酒水单以最快的速度从收银台提了出来，送上了慈善拍卖台。当主持人宣布我的酒水单起拍价为十元时，台下的尖叫声响成一片，竞拍价很快超过了我的消费——68元，接着节节攀升。当拍到380元时，只剩下两桌竞拍人，814桌和808桌，814一下从380元跳到600元，808犹豫了一下，竞价到700元，814毫不犹豫地追加到800元。

　　我十分优雅地坐在舞台的吧椅上，看着主持人宣布竞拍成功，凭着直觉我知道814桌一定是他。

　　我用眼睛在人群中寻找，到处都是举着红玫瑰、戴着红色圣诞帽的人。

　　桌上的电话突然叫起来，迟疑了一下，我抓起了电话。

　　很熟悉的声音："不用找了，我在楼上。"

　　被意外的惊喜所笼罩，我的声音居然有点发抖："我等了你很长时间。"

　　"我知道。"低哑的声音又唤起我对往事深切的回忆。

　　"我以为你——"

　　"我一直在澳洲，今天才赶回来。"

　　"我以为再也等不到你了。"

　　"如果你再拒绝我送给你的圣诞礼物，那你真会见不到我了。"

　　"看见门口那部白色的奔驰吗？钥匙就在你手上，你手中那捧玫瑰中有一枝白色的玫瑰，钥匙就藏在里面。圣诞快

乐！"

在主持人执著的邀请下，他终于走下楼梯，走向舞台。白色的风衣，带着些许沧桑的面容，看见他如此真切地出现在我面前，我忽然有种酸涩的想哭的感觉。

他走到我的面前，我们彼此细细地打量对方。

这时单簧管乐手和吉他乐手走上台来，一左一右把我们围在中间，开始演奏那只苏格兰老歌《旧日的朋友》。

他从主持人手中接过那个用玫瑰编成的花环，戴到我的头上，然后非常优雅地在我脸上亲了一下，台下的气氛由骤然的安静变为极其的热烈，我感觉自己快要融化在这沸腾的气氛中。

很久以后，当我们快要成婚时，我才知道他不仅拥有"阿伦故事"，还拥有两家非常成功的文化公司。数年后，我们一起拍摄的电影《只有天使有翅膀》也获得了巨大的成功，我们带着两岁的儿子一起出席了国际电影节。在海边，儿子穿着绣花短裤在沙滩玩耍，一个女孩子走过来，摸着儿子的头说："这个妹妹真乖。"儿子天真地仰起头："不是，我是弟弟，不信你看！"他居然脱下裤子给那个女孩子看，我们一家人笑得滚作一团。

我曾经问过他怎么舍得把那么贵的奔驰送给我，他看着我的眼睛调侃我："你迟早要嫁给我，你的还不是我的。"

在海边，儿子穿着绣花短裤在沙滩玩耍。

情迷翡翠冷

ALLEN STORY

情　迷　翡　翠　冷

　　幽香的美丽对左岸而言只能透过心港的
网页才能得见。那是一张类似油画一样的相
片，而明眸皓齿的幽香，淡然其间恰似一道
美丽的风景，仿佛散发着阵阵的幽香。

认识幽香的时候，左岸有一家广告公司，那时候生意很不错，因为有着比较独特的创意和良好的团队，业务蒸蒸日上。

左岸闲时的一大爱好就是上网。成都本地的一家交友网"心港"是左岸常去的，这家网站最大的特点就是人气旺并且经常有成都本地的美女光顾，而且可以看到美女或帅哥们的靓照。

幽香上的最多的网站也是"心港"，那时幽香在上海，其实是因一个朋友的原因去的上海，同样在一家广告公司，做一个午夜时段节目的广告推荐。

因为有了朋友的关照，也不必自己太费心去找客户，去拜访的客户多数已经是电话联系过，有了很强的意向，就只剩了签单的环节。因为幽香的美丽，以及大学四年营销专业造就的专业素质，老板们大都慷慨解囊。

幽香的美丽对左岸而言只能透过"心港"的网页才能得见。那是一张类似油画一样的相片，而明眸皓齿的幽香，淡然其间恰似一道美丽的风景，仿佛散发着阵阵的幽香。左岸常常想，也许这便是幽香名字的来历吧！

因为同行的关系罢，左岸第一次遇到幽香的时候，话题自然扯到了广告上，于是二人之间找到了一份默契。幽香告诉左岸她很

更多的时候，还是留恋成都的生活，想念府南河边的那份美丽的夜色，想念朋友相聚时的那份无拘无束。

喜欢上海，它的现代感和风情万种的神韵令人着迷。

但那始终是不属于自己的，更多的时候，还是留恋成都的生活，想念府南河边的那份美丽的夜色，想念朋友相聚时的那份无拘无束。

左岸则常常和幽香讲到公司的成长，创业的艰辛。

左岸是蛮帅气的那类大男孩，28 岁，浓眉大眼，1.78 米的个头，因为事业小有所成，追求他的女孩子也不乏其人，最后一个叫菁儿的女孩子，成了她的女友。如果说菁儿不美丽那就错了，菁儿的美是那种都市时尚气息很浓的美丽，有时让左岸有种不真实的感觉。

而幽香呢，一直以来的愿望是做一个画家，父母觉得这种愿望不切实际，说中国成功的现代女画家少得可怜，强令她学了市场营销。

但幽香并没有放弃自己的理想，她总是梦想着去意大利，读罗马大学的艺术系，专修美术。曾经无数次梦里造访罗马古城的那片废墟，对幽香而言那是一种刻骨铭心的迷恋。为此她悄悄准备了很多年，今年的考试很快就会有结果了。

彼此的倾吐使得幽香独在异乡的孤独感得到了极大的抚慰，左岸对自己有了女友的交代也使两个人之间的关系有了一种不设防的默契。

幽香今年 26 岁，谈过两个朋友，但最后都是以悲剧为句号，因而幽香经常和左岸提到自己不幸的爱情经历，说到动情处不免潸然泪下，左岸不免叹息一番，有种怜香惜玉的感觉。

渐渐的两个人便有了一日不见如隔三秋的感觉，即使忙得没有时间上网，二人也要通上一番电话，否则便无法安寝。即便这种"见面"只是在虚幻的网络空间里，倒真有了一种欲罢不能的感觉！

左岸经常在电话的那头说：幽香，我想见你，我去上海吧？不然你回成都。

但每每说到此时，就像电脑程序错误突然死机了一样，话题断然终止。

其实两个人都心知肚明的，要见一面很简单，但如幽香所说的：如果我爱上你怎么办？菁儿又怎么办？你和我一道去意大利么？

每每说到此处，两人都凄凄然无语。幽香总是最先从尴尬中走出来：呵呵，小傻瓜，其实我和相片上不一样，我很丑的，见到了怕吓到你。

2003年的4月底，一场危机开始席卷中国，非典的打击开始令所有人恐慌！

幽香突然变得无所事事了。客户的电话越来越少，后来几乎没有了，朋友的公司陷入了空前的困境，朋友的脸色也一天比一天发青。

无聊加上情绪低落的幽香开始更频繁地上网，左岸的日子自然也不太好过，好在他的公司方向不是很单一，于是还能权且度日。两个人在网上互相鼓励着也互相倾诉着。

幽香的字里行间有了回成都的念头，左岸也煽风点火要幽香回来。私底下左岸觉得，只要幽香回到成都，那么两个人见面的可能性就很大了，毕竟认识差不多一年了。

幽香回成都的那一天没有通知左岸，她怕左岸去接她，她还不知道该不该见左岸，也许根本不能见，尽管从内心深处，幽香觉得已经爱上了左岸，而左岸也很爱自己，但他们之间的感情只能止于网上。

常常的，两个人彼此不愿放下电话，幽香问：左岸，你爱我么？左岸说：爱！幽香的泪

每每说到此处，两人都凄凄然无语。幽香总是最先从尴尬中走出来：呵呵，小傻瓜，其实我和相片上不一样，我很丑的，见到了怕吓到你。

水便开始飞洒。

左岸和菁儿的婚期都已经定在了这年的国庆，从道义和责任的角度讲，左岸和幽香是不可能在一起的，而且幽香的成绩此时已经下来了。

5月中旬，Robeit 从意大利给幽香发来电子邮件说帮幽香申请的学校应该问题不大，要她等好消息。

Robeit 是幽香在法国的一个学长介绍的朋友，就在罗马大学学艺术，有了他在中间帮忙事情自然容易了许多。

学长开玩笑说：幽香，Robeit 可是一个意大利帅哥呀，你要小心，不要被他俘获芳心哟。

不过幽香对 Robeit 的样子并不关心，倒是意大利人办事的热情和风格令她所料不及，Robeit 几乎会每周发来一封邮件详述进展的情况。

临到要实现最后的梦想时，幽香反倒没有了从前的那份喜悦，因为这也意味着和左岸离别的日子越来越近。

左岸知道幽香回到成都时自然是惊喜万分，几乎每天他都会重复着一个问题：我们什么时候见面？就像许多国人心里重复的问题一样：非典什么时候过去。

一直到 7 月，人们都很少出门，公共场所人少得可怜。幽香也总是以此为借口，推掉了左岸一次次的见面请求。

其实在幽香的内心深处，她是多么想见一见左岸呀。

左岸的婚期推迟是意料中的，也是一种意外，因为国家为了防止非典的蔓延已经专门下令停止大规模的宴请活动。再加上左岸的心情很浮躁，于是索性将婚宴推到了年末。

幽香得到录取通知是在 7 月底，那时非典的风波已经渐渐平息，举国上下沉浸在抗击非典成功的喜悦中。

幽香的签证很快也下来了。其实人的感情很脆弱，她想，也许她从此会忘记这段灰色的日子，开始在欧洲的新生活，这毕竟是自己 10 多年的梦想……

那天是幽香主动打电话给左岸的。幽香说：告诉你两个好消息，或者说一个好消息一个坏消息吧。左岸施施然笑了：你说吧！

首先我打算见你一面，不过我马上要走了，我考上了罗马大学。

电话的那端是很长的一段沉默，幽香听到的不仅仅是粗重的喘息声，还听到左岸心底落泪的声音。

祝贺你！我真的很高兴。幽香，请你相信，我真的很爱你。

一旦决定要见面时，两个人反而冷静了下来，他们开始讨论何时见面，在什么地方见面。但两个人心照不宣地觉得不应该单独见面，因为也许在他们内心深处可能都觉得，如果单独见面了，也许会有难以预料的结果，一边是婚姻，另一边是事业，都是两难的选择。

最后他们决定选择参加一个聚会，叫"西贡情人"，这个名字说来就很浪漫，而所做的聚会则更加具有特色。

最后他们选择了"西贡情人"的一个叫做"爱在路上"的聚会，他们彼此觉得这个聚会很好，具体好在哪里并不知道，只是觉得好罢了。

聚会是在本地一家很有特色的酒吧举行，酒吧名叫"阿伦故事俱乐部"，名字很好听。

"到时你能认出我么？"左岸问。
"一定会的。你呢？""当然，你知道你相片里的样子已经刻在我脑海里了"。

"你知道'西贡情人'的聚会有一个很特别的地方么？"左岸说。

"不知道。你说给我听？"

"那是一家可以电话聊天的俱乐部。聚会时大家开始是分开坐的，每一个桌号就是一部电话的号码，你可以和相熟的，也可以和不熟的人坐到一起。大家彼此可以通过一个屏幕知道哪些是网友，可以先通了电话然后坐到一起，当然也可以只通电话不坐到一起。"

"我明白了，那我们周末聚会见。"

在川大西门不远的地方，很容易找到了"阿伦故事"，这个酒吧的店招就很特别，用的是冷光源灯箱字，给人一种内心宁静的感觉。不论是在上海，还是在成都，这个名字都不陌生，而且它所用的英文源于法语的"CAFE"。

推开门，迎面而来的是一股热力的放送。一楼已经坐满了人。穿过众多期许的目光，她抓住了一束目光，然后很快探究到了那张已经深烙脑海的那张年轻英俊的面容，幽香感觉到自己的心狂跳不止。

15

那天左岸喝了很多，到酒吧打烊时，他已经烂醉如泥。

报上聚会的名字，侍者指点了可以加入的几桌。幽香选了一个不起眼的位置坐下了，透过人头和植物丛的间隙，她迎上了那炽烈的目光，觉得自己快被燃烧起来了。

幽香要了一种叫血红玛莉的鸡尾酒，血红色和淡绿色的鸡尾酒更能映衬出自己此番的心境。朝那个方向微微的举起杯，电话铃响了："你比我想像的还要美！"

"我真的也没想到，其实你比相片上年轻多了，也帅多了！"

"呵呵，我们来这里的目的不会就是彼此夸奖对方吧！"

"我的判断没有出错，我知道我们是不能单独见面的。知道么，我一个人来见你的话一定死定了！"幽香道。

"你知道么，我以前得了一场病叫'想见'，而现在好了，但不知道我以后会不会害上另一场病叫'想念'。"

聊天在断断续续地进行着，因为其他人还需要电话参与抢答节目，而另外还有一些想认识美女幽香的人不知趣地抢线进来，于是时间飞快地掠过。

聚会的人开始大面积撤退了。

左岸最后说："幽香，留下来……嫁给我！"

幽香道："你觉得现实么？我明天的航班，从北京转机，我觉得我们从此还是做回陌生人吧！对你，对我，也许都是一件好事！"

幽香冲出了"阿伦故事"，飞快地冲进了一辆的士，此刻她已经泪流满面……

左岸冲出大门时，车已经消失在茫茫的夜色中……

那天左岸喝了很多，到酒吧打烊时，他已经烂醉如泥。朦胧中他请吧员把他的车停到附近的停车场，然后打了个车，让司机把他丢在府南河边的草地上。左岸陷入了一种朦胧而无助的状态。

第二天醒来时，左岸发现自己已躺在医院里，昨夜的风寒已经令他体力不支。

咳嗽，伴有发烧的症状，左岸被当成非典疑似病人入院。医生隔着厚厚的口罩告诉他，他至少会被隔离15天。

左岸完全清醒过来已经是第三天，医院已经确诊左岸只是一般的肺炎，但为了防患未然，医院仍然建议隔离。

最初菁儿每天都来看他，左岸将公司大大小小的事一一托付给了菁儿。

蛮能干的菁儿很快就把左岸的公司打理得井井有条。直到说接了一个很大的单子，便开始更忙了，来的次数也越来越少。

左岸常常想，也许这就是命运吧，上帝总是公平的，走了一个却能让另一个为你分担很多。最重要的是最近这单生意利润很丰厚，菁儿也是尽心尽力了，每天在外奔忙，左岸自己也就乐得休息一下了。

回家以后又休息了半个月，期间收到一封隐藏了地址的邮件，果然不出所料，就是幽香最后的一封信，简短得像陌生人一样。也许痛过以后一切都会归于平静。

有一天夜深了，公司的会计突然求见……

等左岸回过神来，公司500多万的这个合约，居然是菁儿和别人精心设计的一个陷阱。

菁儿一直觉得左岸无心与她，尤其是婚期推迟更令她认定错在左岸，于是伺机夺回自己的损失。恰逢左岸病倒入院，一切尽在不言中……

左岸猛醒之时，木已成舟，苦心经营的事业毁于一旦，爱情则变成了一种不堪回首的切肤之痛。当爱情和事业的双重打击到来的时候，左岸几乎无法支撑，他觉得末日降临，他甚至想到了死亡……

律师告诉左岸，胜算的可能性不大，即便胜诉了，最多只能追回部分资金。

左岸很伤心，他在"心港"幽香的主页上发了很多帖子，他想拼命找回那份逝去的情感。然而，去意大利几个月以来，她就再也没上过这个主页。

打官司还有一个漫长的收集证据、等待开庭的过程。左岸很想逃离这个城市，哪怕是短暂的逃离，他想去欧洲，尤其想去法国，他向往已久的塞纳河。而冥冥中，他希望能在罗马遇到幽香，但他一直不能确定，要不要去罗马大学找幽香，如果不去，也许再也无法见到幽香了！

最后左岸决定不去找幽香，自己现在的样子很潦倒，难道是为了博取她的同情么？其实只要去看一下她生活的城市就好。

幽香到了罗马后很快被罗马的美丽所吸引。Robeit 的确很帅,意大利人的高鼻梁和宽大的肩膀,以及鞍前马后的无微不至的关怀照顾,的确可以让人乐不思蜀了。然而每当夜深人静的时候,总会想起昔日左岸的那份温情,尽管每次上网都忍不住要打开"心港",但每当最后需要输入密码时都放弃了。

Robeit 很快展开了对幽香的猛烈攻势,鲜花、巧克力、大餐,把意大利男人的浪漫演绎得淋漓尽致。

然而每当要进一步时,都被幽香挡住了,说, Robeit 你给我一些时间好么?我希望了解你,了解你的国家多一些。

隔了两三个月, Robeit 的热情也像步入冬季的温度计一样,慢慢地降了下来。幽香对自己说第一年一定要好好补一补基础课,顺便修补一下破碎的心。

这天幽香接到一个电话,成都的表妹要来意大利玩,幽香很是高兴,在异乡几个月,终于有一个亲人来看自己,一种莫名的兴奋驱使下,幽香注册了一个化名进了心港。

看完左岸的留言她已经忍不住失声痛哭,幽香即刻登陆自己的网页,给左岸回复,要他打自己在意大利的电话。苦等一夜,无果。第二天一早拨通了左岸的手机、家里和公司的电话,但都无人接听……

幽香只能每天开着手机,心惊肉跳地等着每一个来电。

左岸一路行程很紧凑。他这个团要走 11 个国家,从法国入境,看了巴黎的香榭丽舍大道,去了梦寐以求的左岸,饱览了塞纳河两岸的旖旎风光。欧洲的美丽风景让他暂时忘却了心中的伤痛。团里的几个小女孩唧唧喳喳地整天围着他,让他帮忙这帮忙那,很快 15 天的行程过去大半。

终于在这天进入了为之怦然心动的意大利。这一站在佛罗伦萨,一座充满现代文明和历史交错的古城。大家兴趣盎然地听导游讲:以前台湾人把它翻译成翡冷翠,华人都喜欢这个名字,这里的老桥是不可不去的,伟大诗人但

10月份的时候，幽香专门从意大利回来和左岸领了结婚证，那天是25号，阳光很好。

丁就是在这里邂逅了他的初恋情人。

左岸的心此时早已飞往了罗马，恨不能快马加鞭，哪里有心情上老桥呢？但拗不过几个小女孩要他给照相，于是很不情愿地上了桥。几个女孩子在桥中间站好，左岸开始取景。突然他的眼睛瞪得大大的，几乎窒息，几个女孩背后闪过一张一辈子也无法忘记的脸。

幽香和左岸紧紧地抱在一起。那天所有翡翠冷老桥上的游客都不会忘记这幸福得让人落泪的一幕。

不用说啦，那天幽香陪表妹一起去翡翠冷玩，老桥上有情人终于相逢。

故事的结局是这样的，菁儿因为以前的一场诈骗官司被司法拘留，左岸追回了300多万。左岸呆在成都，幽香和左岸仍然每天上网。

去年10月份，幽香专门从意大利回来和左岸领了结婚证，那天是25号，阳光很好。傍晚的时候我坐在"阿伦故事"的808号桌，接到一个电话，幽香说老板，我们想给你讲一个故事……最后他们问我，你觉得将来我们在哪里定居比较好呢……

超级缘分贩卖机

ALLEN STORY

然后他们点了一瓶红酒，举杯的时候，在心里许下一个愿望，希望那台缘分贩卖机能给自己的儿子一段奇缘，而那天取出这个球的正是田溶。

　　阿雷给我打电话说要我去见一个朋友，我说什么大不了的人物，这么风风火火的。我去到SJ俱乐部的时候阿雷已经在了，在一群男男女女中，居中的一个女孩特别引人注目，眉眼很细致，薄唇皓齿却分外妖娆！阿雷看我进来，赶紧迎过来，给她介绍我说，这就是"阿伦故事"的老板阿伦，然后指那个女孩说田溶。我特意问，就是溶化的溶么？阿雷使劲点了点头，田溶朝我笑着点了点头算招呼了！阿雷又介绍另一个马来西亚的华人给我认识，他递了一张名片过来："鄙姓黄，黄色的黄，请多多关照！"一时笑声一片。我注意到那张名片的名字后面还印了一个美国一所大学的学士学位的头衔。

　　我说阿雷，你这么晚喊我到这个迪吧来就是为了见这个女孩么？

　　阿雷神秘地把我拽到一边说："你知道她老爸是谁么？"我说："她老爸是谁和我有什么关系？"

我去到SJ俱乐部的时候阿雷已经在了，
在一群男男女女中，居中的一个女孩特别引人注目，
眉眼很细致，薄唇皓齿却分外妖娆！

阿雷神秘地笑了一下，"上福布斯的一个大富豪，K氏集团，你听说过吧？"我说："怎么？你对人家有想法？"阿雷说："哪里呢？我和她是同学的同学！她很想认识一下你，她听说过你的酒吧也看过你的小说，她说你写的全都他妈是童话故事！"我不由得看了田溶一眼，目光正好和她撞在一起，我们相视一笑。田溶突然冲我大声说："阿伦，你写的那些东西都是些骗人的东西？这个世界上我怎么就没有遇到过什么爱情？"我感到自己笑得很勉强，我什么也没说，我能感觉到田溶已经醉了七分了。

Hg酒店的酒廊

阿雷说田溶那天很不好意思，为了赔罪请我在这个酒廊喝酒，顺便聊聊天。这次令我大吃一惊，田溶出现的时候很像一个公主，真的端庄贤淑，那种长裙应该是欧美的版形。

我们在非常柔和的音乐声中聊天，田溶没有了初次见面的那种傲气和颓废，感觉更像一个养在深闺的大家闺秀。她很轻柔地和我聊起她的故事，仿佛不是在说她自己；其实阿雷给我的信息并不真实，田溶不是那个富豪的女儿，而是她的二儿媳，她开一部大红色的奔驰跑车，每天的作息规律就是"白天从夜晚开始！"

天地真的很小。一次在酒店大堂看到她老公带了一个十分妖艳俗气的女孩，她走过去上下打量了一番那个女孩子，然后对自己的老公说："拜托，你找女人能不能找一些有品位一点的？真让我丢脸！"说到这里我看到一行泪水从她的眼角滑落下来！

田溶没有读完大学就放弃学业走进了婚姻，嫁入豪门是不少人求之不得的事情，而且那个二公子当初就是非她不娶。开始对她真的百依百顺，但很快那个男人就露出本来的面目。

那天结束聊天的时候我特地嘱咐服务小姐把单拿来我买，田溶很吃惊，一直和我争执，她觉得从来都是她来买单，这已经成为一种习惯；但我说我也有我的习惯，就是不习惯由女孩子给我买单。

我说："欢迎你来我的酒吧玩呀！但是不知道你是否习惯，因为我那里的装修应该比较简单，而且和你的圈子或许有很大的不同。"

田溶说："谁说的？其实我一直就想去'阿伦故事'看一看，否则我的心里永远都是痒痒的。你知道么？你的那些故事我已经看了很多遍了，如果不去也许永远是心中的一份遗憾呢！但是我去了你一定要让我来买单哟！"

田溶第一次到"阿伦故事"到的是双楠店，那个店不是很大，但感觉很温馨。田溶对每一样东西都看得非常仔细，从电话和秘籍，从留言墙到客人留下的日记。

最后阿雷拉了她在二楼临窗坐下打"双扣"，一直玩到酒吧打烊。临走的时候我告诉她我在科华北路的第二家店

田溶出现的时候很像一个美丽的天使，真的端庄贤淑，那种长裙应该是欧美的版形。

马上就开业了，到时我会摆上一种神秘的机器，叫"超级缘分贩卖机"。田溶听我说完那个机器的玩法以后非常兴奋，她说下次来成都一定会来我的酒吧，并且要尝试一下那个神秘的机器！

超级缘分贩卖机

田溶回重庆以后阿雷经常说到一些关于她的事情，说她在闹离婚，说她很消极，说深夜接到她的电话！

田溶又来过几次成都，但没有来见我。"缘分贩卖机"在我的科华店试用的效果非常好，不停的有人把属于自己的资料写好丢进机器里，不停的有人投入硬币去随机获取一个帅哥或一个美女的电话号码和资料！

田溶再来我的店里的时候已经是一年以后的事情了，看起来气色很好。阿雷告诉我说她已经离婚而且获得了一笔财产，最近准备嫁给深圳一家上市公司董事长的公子。听到那个著名家族公司的名字，我不由地倒吸一口冷气！难道她天生就是嫁入这些名门望族的命？我简直有了拍案惊奇的感觉了！田溶却淡淡地说："没有办法，那个人说了，非我不娶！"

我说："你是在玩一种游戏呢？还是在游戏生命？""我也不知道？可能我天生就喜欢玩这些游戏！"

那天走出门以后，田溶又突然回来，我说怎么啦？她说："阿伦，你的'缘分贩卖机'我还没有玩呢！"于是我看到她匆匆投下一枚硬币，从贩卖机里得到了一个缘分球，又急急忙忙消失在夜色中……

加拿大的电话

半年没有田溶的消息，那天我问阿雷田溶最近怎样了，得到的答复令人有些失望，阿雷说也好久没有见到田溶了，而且电话也打不通了，听重庆的朋友说可能已经嫁到深圳去了！

那天我在法国南部的一个小镇度假，手机突然响了，我想也许是巴黎的朋友给我的电话。接通的时候一个甜美的声音和一串银铃般的笑声，把一个人的面孔一下子拽到我的面前："阿伦你猜我在哪里？"

我说："阿溶你有什么话快说，我在法国呢！""阿伦，我在加拿大，我在非根斯教堂举行婚礼！你是我的红娘呢，我怎么能不给你电话，你就别吝啬你的那点电话费哈！听我讲……"

鹏在加拿大留学，毕业以后进了加拿大的一家公司，但在加拿大的中国人很难找到自己的另一半，而鹏高高大

大，充满阳光，有着一份令普通加拿大人都羡慕的收入。他也一直不相信爱情，觉得自己此生可能抱定独身了，工作几乎成了生活的全部。

直到有一天，年迈的父母来到"阿伦故事"。他们坐在窗边，把给儿子写好的缘分球丢进机器，那上面有远在加拿大儿子的电话，然后他们点了一瓶红酒，举杯的时候，在心里许下一个愿望，希望那台缘分贩卖机能给自己的儿子一段奇缘，而那天得到这个球的正是田溶。

亲行婚礼——你是我的红娘呢。

我在加拿大，我在非很亲近教堂

阿伦，

涩谷情事

ALLEN STORY

涩谷情事

也就是在那个小街的尽头，我被那块黑白相间的招牌吸引住了，那是一块质感很强的英文招牌"TIME CAFE"。"CAFE"本身是一种很欧化的表述，它告诉你那里有咖啡，有酒，还有可供享用的美味佳肴。

其实东京更增加了我的孤独感，每当到了休息日我便无所事事。

我考研足足花了两年时间，最后还是如愿进了川大。我的家在江西农村，家里的条件不是很好，因而我读书比一般人更用功。尽管读研的三年里认识了不少的女孩子，但我知道我还没到风花雪月的时候，在同学们纷纷走进社会的时候，我选择了继续读博士。曾经有位导师跟我说过："Mico，如果你爹妈没有钱、也没有权，那你惟一的出路就是读书，一直读到博士你就什么都有了……"

博士毕业的时候我却选择了留在川大教书。在读博士的三年里我曾经以为自己遭遇爱情了，一个乐山的女孩子走进了我的生活，然而当她的父母听说我的双亲都在农村，且父亲患有重病，还有两个在读书的弟妹时，我的爱情又擦肩而过了。

2001年我在32岁的时候，来到了东京。朋友们都很羡慕我的这次东京之旅，这只是一次为期两年的交流学者生活，其实在东京的日子对于我而言最大的实惠就是我可以有很多的收入，我的薪金加补贴远远超过了国内的收入，回国以后我就能过上小资般的生活了。

其实东京更增加了我的孤独感，每当到了休息日我便无所事事，开始时日本的同事还会邀约我一同去吃饭、喝酒，可我的酒力实在不敢恭维，热热闹闹过后我便被抛在了角落里……

于是我开始在异国他乡上网聊天。有时和昔日的同事谈谈国内的变化，那天在四川的一间聊天室里遇到一个叫小蕾的女孩，当她听说我在东京的时候，竟莫名羡慕："你知道么？东京的涩谷，全世界最有名的浪漫地带，你去过么？"涩谷我并非不知道，只是在我印象里，那无非是个灯红酒绿的地方。小蕾喜欢幻想，喜欢旅游，喜欢奇遇，而我一个32岁的男人，可以去涩谷么？

去涩谷那天我揣了很多钱，这样我能够胆子大些。没费任何工夫就能够找到那里，其实东京的繁华已经令人叹为观止了，但涩谷的风情更令人目眩。我漫无目的地在各个街区游荡，我的日文只能勉强应付，但从各色店堂的窗外可以想见哪里是餐馆，哪里是夜总会。我不知所措，眼前来来往往穿梭着各色的日本人。日本的女孩子打扮十分前卫，涩谷的女孩更令人眼花缭乱，但那种歌舞声色的感觉似乎离我很远，我想穿过一条清冷的小街便打车回去了。

也就是在那个小街的尽头，我被那块黑白相间的招牌吸引住了，那是一块质感很强的英文招牌"TIME CAFE"。"CAFE"本身是一种很欧化的表述，它告诉你那里有咖啡，有酒，还有可供享用的美味佳肴，而国内经常有人把咖啡馆做成"COFFEE"，到底是卖咖啡豆呢还是卖咖啡饮品呢，令人不明就理。

我进了"TIME"，首先打动我的是那独特的装饰，几排层层叠叠的玻璃在七彩变幻的灯光照射下，让人有一种时空错位的感觉。我突然想起国内的某本时尚杂志曾经介绍过这里，这些玻璃区隔出的空间便叫做"时空隧道"。靠窗的两个位子空了，我坐了过去，透过绿色的玻璃我看到了很多种微笑，原来这里有的不止是日本人，有很多种语言，也有很多种肤色，我喜欢上了这种朦朦胧胧的感觉。可惜我只知道一种叫"卡布奇诺"的咖啡，居然只要3个美金，这令我对东京的物价有了新的认识……

从此只要有空我会带上一本书去"TIME"，好像那里成了我生活的一部分。偶而也会遇上中国人，闲来无事大家也聊一聊，但因为我在日本是属于比较清闲的那一类人，也就少了许多能和别人共有的话题。

最有趣的是去看"TIME"的留言板和留言本，日文的最多，也有英文的，最烂的是："丽香，你知道么？我一直在找你，我和秋林慧子只是逢场作戏，求你一定原谅我，我好爱你！好爱你！"最感人的有："明原君，我知道你爱的不是我，我也对你没有太多的奢望，我只求能经常看到你，希望你能永远开心、快乐！由美子。"我知道这里每天发生许多快乐和不快乐的事，每天在上演许多或喜或悲的爱情故事，但仿佛一切和我无关。

那天一样在涩谷的"TIME"读留言板，我被一则留言吸引住了："小丸子：我是成都来的清叶，可是为什么一直找不到你？我住在附近，你如果看到这张条子一定给我留话。清叶。"我觉得这半个老乡很有意思，也不知是男还是女，我突发奇想，于是我也留了一条："清叶，我也从成都来，需不需要我帮你一起找小丸子？临远。"

自从在"TIME"留了条以后

我会经常胡思乱想，清叶到底是个什么样的人？她为什么会到东京来找这个叫小丸子的人？清叶是男还是女？会给我回条么？

第三天到"TIME"时，果然见到了清叶回给我的条子，不过令我很失望："我的确需要帮助，不如你借些钱给我吧！"莫非是个骗子？

不过我还是想见一见清叶再说。于是我留下话："清叶，我不可能即刻答应借钱给你，因为我不知道你要借多少？派何用场？再说我也不是特别有钱，不如我们见面谈吧。周五晚上七点我在'TIME'等你。"

我不知道清叶会不会来，但我还是怀着几许兴奋几多担忧盼到了周五，一番盛装，凭直觉我想清叶会是个女孩子。在"TIME"落座时，我才发现自己犯了一个错误，那天除了我还有至少三个单身的男人。7点钟到了，我的心情格外紧张，透过"时空隧道"的层层玻璃，我感觉有一束目光在注视我。我的肩膀被人拍了一下，服务

生问我：

"你是临远君么？"

在清叶面前坐定的那一刻，我有一种惊艳的感觉，我不太会描述女孩子，但我知道中国有一个演员叫梅婷，她们长得像极了。我最不能忍受她那明丽的双眼给我带来的冲击，我觉得脸上火辣辣的，当时第一句话是傻乎乎地问人家："你要借多少钱？"

清叶大学毕业没多久，小丸子是她高中同学，以前和她玩得最好，后来嫁了个日本人，做国际贸易，也就是从国内倒腾些工艺品去日本卖。几年来她俩一直保持通信，小丸子还约清叶到日本玩，后来联系就断了。清叶大学毕业后不愿去干父母给找的那份工作，父母倒很迁就，但一再逼她嫁一个五短身材的大款，清叶一气之下就托人办了个签证逃到了日本。想到有小丸子在也就胆子大了许多，但小丸子毕竟已经失去联系，只知道小丸子提到过"TIME"，于是就在这里发帖子

……

我在学校附近给清叶租了一间廉租公寓，并且动用日本同事的关系给她联系了一家语言学校，费了好大的工夫才帮她办妥更改签证。我觉得这一切似乎很自然，只是清叶经常说将来一定要赚钱还我，我告诉她无所谓，等上完语言学校可以在日本读研究生或找一份工作。清叶的领悟力很强，语言方面很有天赋，很快就可以和日本人进行简单的交流，我们经常在一起练习口语，当然我们会经常去"TIME"，也始终没有忘记打听小丸子的消息。

清叶最早一直称呼我为远哥哥，因为我比她整整大9岁。她大学时谈过一个男朋友，毕业时那个男生要她一同去北京，她觉得自己不想因为爱情而迅速变老，或者说爱还不够坚决，于是大家各奔东西了。我也和清叶讲自己的爱情，听到悲伤的时候清叶会泪水涟涟。清叶说："临远，如果当初我遇到你，我一定会爱上你，你长得那么帅，一定是那些女孩子没有福分！"我便会打趣道："那你现在爱上我也不晚呀！"

清叶会笑得很开心，而后是淡然的忧伤……

时间过得很快，一晃半年过去了。其间清叶给家里去了电话，那

边父母接了电话便嚎啕大哭，说再也不勉强她做任何事，希望她能尽快回国，爷爷已经两次心脏病发作，在医院住了半个月，清叶说一到假期就即刻回去……

假期前夕的一天，我去清叶的寝室找她，她的室友告诉我说已经三天没有见到她了，我于是到处找她，但我找遍了所有她有可能去的地方，也问遍了所有可能认识她的朋友，但都一无所获，我几乎疯掉了，难道小丸子把她接走了？难道她出了什么事？我在"TIME"留言板上不断地发贴子："清叶，我在找你，你在哪里？"一周以来我一直留意报纸和电视新闻，但一无所获，我惟一可以发现的线索是在她的枕下压着3万日圆。最后我去了地方警署，警官似乎见惯不怪例行公事地作了记录，然后告诉我耐心等待消息。

本打算这个假期和清叶一道回国的，结果我一个人踏上了归途。我没有回江西老家，先到了成都，冥冥中我觉得我一定能在成都找到清叶，我想无论发生任何事我都要告诉她："我爱你！"

我回川大收拾了我那套小房子，幸亏当时没有听同事的话把它租出去，我又给家里去了个电话，告诉他们学校还有些事。据说她家原来住在红星路，我便在那一带游荡了几天，但仍然一无所获，我想我还是去咖啡馆吧，于是我开始一家一家寻觅。先在离红星路最近的咖啡馆，然后在春熙路的大大小小的咖啡馆，然而我却不能找到一丝灵感，我觉得也许我再也找不到清叶了，她也许只是我生命中的一道风景。很多次梦中惊醒，我觉得也许我只能选择放弃了。

我定了第二天飞往南昌的机票。那天回川大很晚，当出租车驶过科华北路就要接近校门时，在路的左面我看到一个很厚重的招牌，红白相间的灯箱上写着"阿伦故事"咖啡吧，最终令我喊

在清叶
面前坐定的那一刻，我
有一种惊艳的感觉，我不
太会描述女孩子，但我知道
中国有一个演员叫梅婷，她们
长得像极了。

司机停车的是那黑色的英文字"ALLEN STORY CAFE"。我找到了"CAFE"这个词，我想即便没有收获，一会儿我也可以散步回学校。

进到"阿伦故事"的时候，我的心开始狂跳，天哪！那不是"时空隧道"么！我没有理会服务生，径直向更深处冲去，在楼梯口拐角我终于发现了留言板，泪水模糊了我的眼睛。控制了自己的情绪，在"时空隧道"旁坐了下来，要了一杯"卡布奇诺"，价格恰恰相当于3个美金。留言板上有很多留言，我仔仔细细看了三遍，没有清叶的留言。我在留言板上写下："清叶，我一直在找你，我快要疯掉了，如果见到这张字条速给我打电话139808……"

奇迹没有发生。第二天收完东西去机场前我又去了"阿伦故事"咖啡吧，我的留言快被其他密密麻麻的留言覆盖了……

换完登机牌向安检口走时，我的电话响了，我听到一个陌生而熟悉的声音，是清叶！她正在"阿伦故事"。我冲出机场，跳上一辆出租车，对出租车司机说"'阿伦故事'吧。"

我和清叶紧紧拥在了一起，我们都泪流满面，我说"清叶，我爱你！"我听到清叶说"临远，我爱你！"我还听到"时空隧道"外有掌声响起。

清叶始终觉得欠我很多，她觉得用了我很多钱，于是明知道那种学生签证是不能去打工的，可她还是去了。老板本是不敢用的，可敌不过清叶的乖巧。而当清叶被移民局带走时，本可以告诉别人自己的学校或找我去作保的，可她觉得自己很没有用，怕连累我，于是什么也没说，最终被取消签证遣送回国。本想即刻跟我联系的，但又觉得自己这般境况实在不配再见我，加之爷爷一直住院，直到昨天才出院……

"你怎么会找到'阿伦故事'呢？"

"我觉得在川大附近也许能找到你，当我走进这家咖啡馆的那一刻，我就觉得一定能找到你了！"

我们决定一起先去清叶家，然后带清叶一起回江西。我想我的父母一定会高兴的，他们一定会喜欢清叶的，然后再带清叶一起去日本把书读完。

清叶的签证怎么办？她是一定会被拒签的。小蕾给我出了一个很好的办法，她要我把这段感情写出来，然后译成日文，直接传给了签证官。没过几天签证官给我打来电话，同意给清叶办理可以边打工边读书的签证，条件是婚礼一定要请他。当然小蕾是要参加的，而地点则一定是"阿伦故事"咖啡吧了。

永远也不远

ALLEN STORY

永远也不远

里间坐着一个女孩，那女孩白皙的皮肤，
大大的眼睛，高高的鼻梁，最美的是那甜甜的
一笑，会有两个浅浅的酒窝。

如果我永远没有时间去"阿伦故事",那么也许我将错过自己一生中最美好的东西。

上 篇

那时候枫没有像其他同学那样去做一个职业经理人。虽然枫是新加坡国立MBA同学里公认最棒的毕业生之一,而GE、INTEL、SIEMENS等大公司早已对他窥探很久,只等他毕业了。然而枫的选择还是出人意料,他不但选择了回国,而且没有去人们普遍看好的北京、上海等大城市,他去了成都——中国西部的一个城市。

很多同学认为枫一定迷上了那个城市的某个女孩子,因为众所周知那是一个盛产美女的西部大都会,然而只有枫自己知道,他看好的是那里广阔的市场,他知道作为一个职业经理人和自己创业意味着什么,那绝对是一个痛苦的选择……其实到了成都枫才发现自己创业确是一件很艰苦的事。为了节省每一个铜板,枫把写字间放到了一个居民小区,只请了一个文员,每天枫给自己规定上午必须打15个有效的电话,然后下午去拜访客户。

那段日子真的很艰苦,忙的时候经常中午一个盒饭就对付了。

第一次留意婷儿是在那个夏日的午后,枫和往天一样下楼去买报纸,门口的报纸卖完了,于是必须拐过街角去另一个报摊,拿了报纸往回走时猛一抬头,枫的眼睛定格在街角的那一间小店里。

那是一间卖服装的小店,里间坐着一个女孩,那女孩白皙的皮肤,大大的眼睛,高高的鼻梁,最美的是那甜甜的一笑,会有两个浅浅的酒窝,那种清纯的气息让枫几乎忘了自己身在何处。从此枫买报纸自然转到了街角,每天在累了一个上午后买报纸变成了一种奖励,然而枫不是每天都能见到女孩的,一旦女孩没在他便有了一份失落的感觉。尽管枫很迷恋那女孩,也幻想了许多种与女孩相识的种种理由,但最终连走进那间时装店的勇气都没有,因为在枫看来任何一种不恰当的邂逅都可能会令彼此尴尬,而且枫没有忘记自己现在还不到儿女情长的时候。于是便把这种美好的感觉一直埋在心底。

经过枫的努力,公司有了一些固定的客户,而且公司的规模在不断扩大。枫也更忙了,第一个年头要结束的时候,枫买了自己的车,公司也由原来的两个人变成了五人。但即使再忙枫还是要抽空去看看那个美丽的女孩。也有几次枫几乎准备好了台词,准备去那个服装小屋,但很

他看到一个熟悉的身影——那女孩牵了一条很大的狗，她身旁是一个高高大大略显清瘦的男孩。

不巧的是恰恰都有人在。每次枫开车经过街角时都要看一看那个女孩……

等枫忙过了一阵以后他终于做了一个决定，他决定走过去对那个女孩说："嗨，你好，我就在你对面那个院里办公，经常看到你，生意还好吧？"可是这样的机会终于没有来，因为那个女孩已经很久没有在小店出现了，当枫确认这一点时，已经是第二年的冬天……

最后一次看到那个女孩是在第三年的夏天，那时候枫的生意已经很大了，而街角那家小小的服装店已经改做了副食店。枫在市中心已经买了一套很好的写字间。那天枫正忙着搬家，他已经换了一部很抢眼的白色别克车，他的车在那个黄昏滑过街角时，他看到一个熟悉的身影——那女孩牵了一条很大的狗，她身旁是一个高高大大略显清瘦的男孩……

枫的心里为之一震，他想自己终于没有能迈出那一步，从两人亲热的样子看女孩应该是已经恋爱了。

枫想人有时总要错过一些事情的，淡淡地忧郁了一阵便也忘了。毕竟写字间是新的，而生活的每一天也是新的，都市里还有许多人，许多事值得你去留恋……

下 篇

枫在成都的朋友越来越多，娱乐的方式也越来越多，每天被朋友吆喝着从一个场子赶往另一个场子；女朋友也很多，走马灯似的换，每次当那些女孩向枫要零花钱时，枫就开始怀疑这世界到底还有真正的感情没有。偶而枫还会想起街角那个卖服装的小女孩，于是心里多多少少会涌出些许遗憾。

枫也希望正正经经恋爱一次，因为28岁虽然算不上大，但似乎也不是一个很小的年龄。

海毕业就去了GE公司，在北京也算一个CEO，他和枫在新加坡时是最好的朋友。

海的婚姻令人匪夷所思，他的太太是自己嫂嫂的妹妹，海从新加坡回来不久就离婚了。海的最大本领就是无论到哪个城市，都能找到那里最好玩的去处，比如香港的兰桂房，上海的新天地。

海在来成都前一天就把电话打到枫那里说要带枫去一个绝佳的地方。那天夜里在假日酒店见到海时已经快十点了。枫问去哪里，海说你听说过一个叫"阿伦故事"的酒吧么？

枫其实早就听说过这个酒吧。他看过那个阿伦写过的文章，也从朋友那里听说过，那里最大的特点就是可以打电话给其他桌的任何客人。只是每次要去时不是觉得太远了，就是不习惯离开自己惯常去的那家酒吧，或是怕赶去了又没有位子，因为那里生意好到经常找不到位子。

枫和海去了科华路的"阿伦故事"。去时门前已经停满了各色高级轿车。跨进酒吧的那一刻，枫觉得离自己想像的氛围没有太大的区别，并且更富于一种浪漫的气息，现代感极强。

他们在楼上找位子坐下，不一会老板就过来了，此时枫才觉得海的神通广大，聊了一会，枫才知道原来老板也是从新加坡回来的，于是便不觉多了几分亲切的感觉，老板只小坐了几分钟就离开了。老板刚走海便四下开始活动了，回到桌边后便急不可待地拿起电话，枫还是第一回发现居然有这么热闹的酒吧，楼上简直已经可以用摩肩接踵来形容了。

枫借着海打电话的间隙楼上楼下转了一圈，的确很多美女三三两两的一桌。

枫回到桌前时海居然已经约到了两个美女，并且已经开聊。难怪海有这么大的本事，原来两个美女是本市一家外企的白领，当然他们很快就找到了共同话题，枫也高兴地加入了他们的谈话。

谈得投机不觉就过了一个小时，两位白领的老板明天要到成都视察工作，于是双方互留了联络方式后便匆匆告辞了。

海似乎意犹未尽，又开始观察，然而此时单坐的女孩已很少，在这里男男女女似乎很容易找到属于他们的话题。

海不愧是玩家中的高手，他很快又找到了新的目标，并且很快就让自己兴奋了起来。

楼下摇篮椅上有两个十分美丽的女孩，据说一直没有人能攻克，而她们桌上的电话一直没有停过，偶而她们也接听，但就是没有人能最终邀请到她们……

海打到第八次的时候，有幸被接了起来，然而傲慢的女孩只是聊了两句，甚至还没等海报出自己的头衔就挂断了

电话，这令海觉得打击很大；但越是这样，海便越有了不达目的誓不罢休的劲头。

海说枫，你的声音更有磁性一些，不如你来一试？枫知道这于自己而言决不会是一件容易的事，不过正如海说的自己为何不试一下呢？

枫来到楼下，顺着吧员的手指向

"802"号摇椅看去，他的嘴顿时张得大大的，感觉血往脑门上涌，心跳开始加速，手心也开始冒汗，那个街角小店的女孩正坐在那里，一袭白裙十分抢眼，和她对面的一个黑衣女孩谈兴正浓……

枫快步回到楼上，海问怎样？枫一言不发灌了一口酒说那我就试试吧。在

在电话响到第五遍的时候，电话被接了起来。枫确认就是那个女孩时有些许紧张，他说："你们常来这儿么？"

女孩似乎很不客气："常来怎样，不常来又怎样？没什么事我就挂了！"

电话响到第五遍的时候，电话被接了起来。枫确认就是那个女孩时有些许紧张，他说："你们常来这儿么？"女孩似乎很不客气："常来怎样，不常来又怎样？没什么事我就挂了。""千万别挂，我有一种特异功能。""怎么讲？""我能透过你的声音知道你的一些事。"枫急急道。"真的么？那你说说你能知道我什么呢？""你原来应该开一家小小的时装店，大概有一年半左右的时间吧，你有一个高高瘦瘦的男朋友，还应该养了一只很漂亮的大狼狗。"枫一口气讲完这些话，对方沉默了一会，然后说："你怎么知道这些，但似乎并不完全对。那么是否要我来说一说关于你的事呢？"枫吓了一跳："难道你也有特异功能？""你是一家公司的小老板，哦，不！现在也许该是个大老板了。你从不在自己公司的楼下买报纸，而喜欢走一段路去街的拐角，你好像还是一个花痴！哈哈哈……"

枫和婷儿坐到一起时，夜已经很深，婷儿说首先我要申明的是我没有什么男朋友，你所说的那个高高瘦瘦的男孩现在在英国，他是我的表哥。枫道，你怎么知道是我？而且怎会知道关于我这许多？婷笑了，笑得很开心，你这个笨蛋，那时连卖报纸的老太太都知道你醉翁之意不在酒，早就有人跑来跟我说有个小帅哥在打我的主意。至于为什么知道是你就更简单了，你没发现我们坐在门边的摇篮椅上么？

美丽的邂逅不如说成是等候已久的相逢。婷在那家时装店时还只有19岁，

枫知道她那时还在读一家职业中学，而今做了一家很有名气的食品连锁公司，当年那份勇气的确令枫由衷钦佩。婷说当时你为什么一直只是在角落里，没有走进我的小店呢？枫说看来上帝待我并不薄，终于还是给了我们一个见面的机会。

枫和婷的婚礼就定在国庆举行，每每提及此事，海总是津津乐道，说来我还是他们的红娘呢！

枫和海聊天时总不免感叹一番，如果我永远没有时间去"阿伦故事"，那么也许我将错过自己一生最美好的东西……

枫和婷的婚礼就定在国庆举行，每每提及此事，海总是津津乐道，说来我还是他们的红娘呢！

魔术瓶子

ALLEN STORY

魔术瓶子

我注意到桌上电话的来电显示不停地闪烁，我拿起了电话，另一头是一个非常兴奋的声音："我把你从魔术瓶子里捞起来了！"

我还记得我的导师凯文曾经说过的一句话："有时候一个细小的疏忽就足以毁掉你经营很久的一项事业。"

也许是太高兴了，那天当 MP 电话通知我们去签合同时，苏第一个从椅子上弹了起来："哇，我们中标了！"她拉开总经理办公室的大门，冲到外面的办公区，等我反应过来，外面已沸腾一片。我走出去，尽管我脸上没有一丁点严肃的表情，外面还是很快地安静了下来。面对我的这些勤勤恳恳、任劳任怨地加班赶这个项目的下属们，我一时竟找不到合适的语言来激励他们。秘书苏再次跳了出来："老板今晚请我们吃'银杏'吧！"

苏每次陪我出去都是打的，尤其她穿得很漂亮的时候，嫌面包车太跌份。

"好吧！你们在这儿等我的电话。"说着我转身回去拿手袋和签合同需要的一些资料。听着外面热烈的欢呼声，我为这两个月来没日没夜的加班终于有了一个体面的结局而感到欣慰。正打算离开的时候，苏问我是否需要她一块儿去，我犹豫了一下，然后说算了，你来安排晚饭。后来我想如果我当时带上苏，也许那天将会是另外一番场景。

在我把车泊进 MP 的地下停车场时，车场管理员登记了我的车牌号并且询问了我的公司名称，那时候我心中便隐隐有些后悔不该开这部破旧的面包车来。

然而看着尾随我进来的那部白色的宝马，我一下又有了精神，我和苏已经研究了半年宝马了，苏建议我买一款红色的宝马，我则倾向于白色。这大半年的时间，我和苏只要看见白色的"宝马"就要追上去，看到底是男人在开还是女人在开。无数次的追踪之后，苏总结出一条规律：开宝马的女人都特别漂亮。

然而我最终还是把我原始积累的第一个 100 万拿去买了一间气派的写字间了，为此，苏足有半个月的时间打不起精神来。苏每次陪我出去都是打的，尤其她穿得很漂亮的时候，嫌面包车太跌份。

看着那部宝马泊在我的后面，里面走出的是男人，我稍微有点儿失望，好在那男人看上去并不让人特别失望，按苏的划分，他还算蛮有气质的那一类。

我下车的那一瞬间，他用眼角瞟了我一眼，目光犀利。我心中有几分狼狈，但总算还能镇定自若，毕竟对我来说，换一部好车只是迟早的事。

然而当我最终出现在 MP 的总裁办公室的时候，我的狼狈再也无处藏身。我在停车场碰见的那个男人，正稳稳当当地坐在那张豪华的大班台后面，他犀利的目光越过奶黄色的意大利真皮沙发和几株茂盛的热带植物，落在我的身上。

他用一个很优雅的手势示意我在沙发上坐下，我没有坐下，我心中隐隐约约有种不妙的感觉。

也许我真的没有必要坐下，他站了起来，缓缓地踱到窗前。我注意到那造型独特的落地窗和开阔的视野。他朝外注视了几秒钟，然后转过身来，我再次与他犀利的目光相遇。"你就开着那部面包车来和我签300万的广告合同？"我紧紧地捏住我的手袋，上帝，我为什么不带苏来。

我心里在骂："CEO 有什么了不起？不也在给鬼子打工么？"

"你一周后再来吧，或许我们会电话通知你，很抱歉。这两天我们董事长要来视察工作。"

我知道那仅仅是一种敷衍，我把前期资料摆到他的桌面上，然后尽可能镇定地离开了他的办公室。

走出 MP 的大门，我的眼泪就开始不争气地往下淌，尤其想到办公室热切期待好消息的同事们，还有"银杏"的聚餐。

我脑中反复出现儿时向母亲索要糖果时那种期待的眼神和母亲拿不出糖果的无奈。

我关掉手机、小灵通，顺着车流漫无目的地开着我那才惹了祸的面包车，一直到我眼泪被风吹干。天黑了，我才想到该找个地方坐一下。此刻我特想找一个陌生的人聊一聊，谁也无法想像一个 24 岁的女孩面对烟火弥漫的生意场所承载的压力，很多话甚至不能与苏交流，因为我不能让我的下属看到他们的老板软弱的一面，其实我的内心充满了孤独，于是我决定去一个地方。

我在科华北路"阿伦故事吧"二楼一个靠窗的位置坐下，在那静静地坐了十多分钟后，我感觉僵硬的身体才有了一点温暖的感觉。我点了一瓶红酒，顺手拿过一个橘黄色的乒乓球写上我的桌号，交给点餐的小姐，我并不知道它的作用，只是我注意到每次同苏来她都是兴致勃勃地先在乒乓球上写桌号，而且永远选择橘黄色的而不是白色的。

窗外我的车和那些大大小小的名车挤到一起，在冽冽的寒风中孤零零的好

像在哭泣。苏告诉过我，这里有很多川大的美眉，也聚集了很多年轻才俊，有很多北京、上海、深圳的外企人士，每每出差也必来这里。于是"阿伦故事"便有了几分神秘的感觉，再加之这里另类的装修风格更平添了几分魅力，据说那个"时光隧道"源于一个日本的咖啡馆，而奶酪区则取自越南的西贡。两杯红酒之后，我开始暖和起来，置身这样的氛围让我有种迷离的感觉……

我注意到桌上电话的来电显示不停地闪烁，我拿起了电话，另一头是一个非常兴奋的声音："我把你从魔术瓶子里捞起来了！"我突然想起进门时看见几个人围着门口那两个陶瓷花瓶在捞着什么，想来一定是我的乒乓球被他捞了起来。

我笑了："你倒兴致蛮高呢？"

"我现在享有同你聊天的特权了，你坐在哪儿？"

"二楼。"

"我带一瓶红酒上来，你不会让我太尴尬吧？"

"不会的，今天不会。"

几分钟后他出现在我的面前，左手拎着一瓶红酒，右手握着两只高脚杯，其中一只杯子里装着那只橘红色的乒乓球，看起来特酷。

我哑然失笑，看他坐下，在两个杯子里斟上红酒，我注意到他斟酒很讲究，酒没有超过酒杯的三分之一。他把一杯酒摆到我面前，很快扫了一眼我面前的酒瓶："怎么，不开心！"

"本来挺开心的！"

"说说看，怎么回事？"

"算了吧，说了也没用。"

"不见得吧，常言道，多个朋友多条路，没准我就能帮上你呢！"

"你看我像干什么工作的？"

"我还真猜不出来，不过没关系，说说看。如果你是售楼小姐，说不定我可以帮忙买套房子；如果你是卖保险的，没准我可以帮忙买上几份；再者如果你发愁月饼卖不出去，没关系呀，我帮你扛了。"

我朗声笑起来："你真会说话！也许你明明知道我不会是卖楼盘的，也不会是卖保险的，更别提卖月饼了，你才会这么说。"

"哈哈！"他也朗声笑起来，"看来你还真不属于这三个热门职业。"我呷口红酒，放下杯子："我今天丢掉一单300万的生意。"

"哇！口气满大的，看不出来我们的靓女还是生意场上的豪杰。"看他并没有任何惊异的表情，我反而有种安慰感："我开着面包车去签合同，他们老板对我公司的实力有怀疑，看他的表情，我觉得没希望了。"

"是我也不敢把这么大的单子拿给你做。不过呢钱是赚不完的，做人最重要的是让自己快乐，人的一生除去童年

好在那男人看上去并不让人特别失望，按姜的划分，他还算蛮有气质的那一类。

我们还有多少时间呢？如果整天不开心赚再多的钱有什么用？"

"如果我今天开的是宝马，那这单生意就非我莫属了。男人可真够虚伪的，早知道，我让苏随便到哪儿去给我弄部宝马。"

那天我们聊到很晚，我的心情渐渐开朗。我到家的时候已经凌晨3点了，他送我上车的时候我总算搞清楚他姓林，美籍华人，来成都出差。他拍着我的车："你这面包车也该是你的老朋友了，万一你这单生意做成了，也真该把它换了。"

"可那毕竟是'万一'的事。"

我一直睡到第二天中午才醒来。一打开手机，就有无数条办公室的来电显示。来不及读完，我匆匆赶往办公室。推开大门，苏就跳了出来，她手里举着一大束玫瑰花，还有更令我惊异的，是和MP签的合同正本。我展开玫瑰花束里的信签，很漂亮的一行正楷："还真被我说中了，帮不上你别的忙，但很巧的是我这一站正好检查成都的工作。我给我们那位CEO交代了不可以'车'取人。我很钦佩你的才干和勇气，你们的方案真是一流的，代我向你的同事表示感谢！如果这单运作成功，我会再来成都和你谈整个MP中国区的业务，到时候一定要开你的宝马来接我哟。"

我展开玫瑰花束里的信签，很漂亮的一行正楷：

老橡树上的黄丝带

黄丝带

ALLEN STORY

老橡树上的黄丝带

这段感情结束，马晔没有流泪。她觉得她无法责怪木子，世界毕竟是现实的，能够抓住目前才是真正美好的。她也许会长久记得那个寂静的酒吧夜晚，木子所带给她的惊喜，一片漆黑中，他说他爱她。那种浪漫，恐怕再也不会拥有。从此，她只能站在遥远的地方注视着他，他的荣辱悲欢都不再与她有关系，短暂的恋情呀，就这样各奔东西……

这是一家叫做"自画像"的酒吧，古怪的一个名字，似乎每一个来此的客人都会看到自己的自画像似的。马晔慵懒地坐在靠近吧台的一张桌子上，食指与中指间夹着一支mildseven，烟灰老长了，她不急于弹掉，那烟灰就在烟头上摇摇欲坠，让人很担心。面前是一瓶已经喝去一半的芝华士，她的脸酡红着也迷离着，昏黄的灯光在她眼角闪烁。

马晔已经30岁了，从20岁那年她第一次踏入一家酒吧开始，她就喜欢上了酒吧的安静与喧嚣、热闹与独立，如此矛盾的氛围。她所有的爱情都从酒吧展开，她觉得，每一次坐在这里，就是让往事堆积、也让未来展现的时刻，从这个意义上讲，"自画像"这个名字还是颇适宜的。

欧以达......

她是随表哥一起到这家酒吧的。表哥在一家外企上班，收入颇丰。那已经是十年前的事情了。她还记得那一次推开门的刹那，The Door的音乐就扑面而来，那种嘶喊和绝望真让人揪心的疼痛。酒吧里的人们要用比平日说话大好多倍的声音讲话，人人都像吵架一样。但是，有一种放纵的快乐在里面。平日里人们得遵循太多规矩，只有在这个地方才没有领导的训斥、同事的明争暗斗。那时候马晔还是大三的学生，她一方面震惊于酒吧的嘈杂，一方面又觉得自己内心里滋生出对这种嘈杂的热爱。只有在嘈杂中，人们才会拼命彰显自己，让平日里不为人知的一面袒露出来。

那天，表哥的许多朋友在那里。他们一律是那种快乐、健康、英俊的青年，他们都有着光明的前程。他们喝了许多酒，喝了酒就坐在桌上唱歌，不是卡拉OK，而是一人接一句地唱。可是马晔注意到，有一个男孩在其中显得很特别。他也喝酒，似乎量还很大，可是喝完酒后他的脸依然是青白的，眼神依然清晰从容。他只是微笑着听他们唱，自己却一言不发。表哥注意到马晔看那男孩的眼神，便悄悄对马晔说："他叫欧以达，这是我们公司最有为的青年。我们一同到公司，他现在已经是一个部门的主管了。"马晔不由得对那男孩另眼相看了。这时，那些青年哄闹着要马晔唱歌，他们都叫"妹妹，妹妹唱歌吧。"于是马晔就唱了。周围的声音很大，她的声音只有他们这桌的人才听得到。她唱了一首很老的英文乡村歌曲：《老橡树上的黄丝带》。马晔的嗓音很独特，比一般女声低，低而暗沉，如同广阔的夜空一样让人想要深深陷落进去。渐渐的，不仅是她表哥的这些朋友停止了喧哗，连周围的客人也停止了交谈。最后酒吧的DJ干脆把正在放的音乐关掉了，酒吧里只剩下了马晔的歌声。

第二天，马晔被宿舍管理员叫醒。她跑到楼下看，老天，管理人员那里摆放着五束鲜花，准确的说是四束鲜花，还有一束是植物。那四束花都躺在精美昂贵的包装纸里。她拿起那些鲜花一一看，看里边小卡片上的名字呵，就是表哥的那些同事！他们在同一时间爱上了她，并且在同一时间用同样的方式来表达。骄傲的马晔啊，轻蔑地看了看那些鲜

花，对管理员说："大姐，这些花儿送你！"

最后她拿起那束植物，在华丽的鲜花对比下，它显得很不合群。是芦苇，很美很美，淡灰色的苇絮在风中轻摇。那束芦苇里没卡片。

马晔抱着高高长长的芦苇回到寝室。刚把门打开，电话就打来了，一个很清澈的男声说："芦苇，喜欢吗？"

"你是谁？"

"欧以达。"

就是这么简单的，马晔因那束不同寻常的芦苇而爱上了欧以达。

每天下午，欧以达下班后开车来接马晔，带她吃饭。饭后，他将车开到郊外。车在夜晚郊外的山间公路上盘旋，夜风从车窗灌进来。车停在某处，两人就依偎着坐下，看天上的星星。"天上的星星，为何，像人群一样的拥挤；地上的人们为何，像星星一样疏远……"马晔轻声唱歌。欧以达沉醉地倾听着，亲吻她的耳垂。他说她最美的地方就是那对小小的耳垂，晶莹剔透，就像两粒珍珠。

她21岁生日的时候，欧以达把她带到城郊的一个小酒吧。那个小酒吧生意清淡，但是有很好的氛围。

她21岁生日的时候，欧以达把她带到城郊的一个小酒吧。那个小酒吧生意清淡，但是有很好的氛围。他坐在她对面，烛光摇曳中，他拿出一个小首饰盒说："送给你，生日快乐。"

她打开看，是一对珍珠耳环。可是，显然那不是一般的珍珠。因为每一颗都有大拇指大小，乳白中透着淡粉，很可爱。他微笑着说："很配你的耳垂啊！"

马晔以为这样的时光会一直持续下去，但是……

有一天，欧以达把她约到一个酒吧说，公司要派他去德国分公司，估计要去两年时间。他说："小晔，你等我，两年时间很快就会过去了。等我回来我们就结婚。"马晔泪如雨下，却郑重地点了头。

欧以达走后，他们每天都会发E-mail。这样持续了一个月后，欧以达告诉她接下来的时间很忙，估计不能每天发E-mail了。于是两三天、三四天，总还可以收到他的邮件。再过了一段时间，他竟然杳无音讯了。他变了！马晔绝望地想。异国他乡已经改变了他！身边的朋友也劝慰马晔，要她不要再等他。

有一天，表哥给马晔打来电话，郑重地对马晔说："小晔，我必须告诉你一件事情，你要挺住！"

欧以达有一天加班加得很晚，去停车场取车时被汉堡的流氓抢劫！他死死拽着自己的钱包不肯让流氓抢走。流氓威胁他说，如果不放手就杀了他，他真傻啊，还是不放手，那些流氓竟然真的拿刀捅死了他。流氓把他的尸体埋在一座山上，公司的人以为欧以达失踪了，整整一个月后，欧以达的尸体才被发现。后来，那些流氓被德国警方抓到了，钱包也找回了，现在已经交给了欧以达的妈妈。他妈妈发现，那张钱包里有一张年轻女孩的照片，那女孩是马

钱包里有一张年轻女孩的照片——他妈妈发现，那张是马晔。

晔。

　　他是不肯让流氓抢走马晔的照片才死去的。

　　欧以达死了，死了，死了！怎么可能？一个活生生的人就这样消失了！

　　马晔觉得自己也死了，她记起欧以达说的话："等我两年，我们就结婚！"言犹在耳，斯人已去……

　　后来，马晔毕业了，就在当地一家报社做了记者。她常常独自去那家与欧以达相遇的酒吧。她喜欢坐在靠窗的位置，看窗外的霓虹闪烁，而窗内的烛光会照着映衬着她眼里晶莹的泪花。

欧呈挚

　　她不相信欧以达真的死了，她想，如果欧以达回来，一定会到这里来坐坐。然而欧以达没有出现，出现了另一个人。

　　那天她独自喝了很多酒，邻桌有个不怀好意的人上前纠缠，她"砰"给了别人一拳，这一拳竟然把那人吓退了。她继续喝酒，喝了许多酒以后，她干脆把鞋子脱掉，蹲在椅子上喝。她的长头发披散下来了，遮挡住半边脸。她的模样，要多狼狈有多狼狈。酒保上来，说："小姐，您不要再喝了吧！"她冲口骂过去："滚！滚你的！"这时，一个男子来到她面前，抓住她的手腕，付了酒钱，把她拖到酒吧门外。在门外，男子"啪啪"打了她两巴掌。她愣愣地看着他说："我不认识你，为什么打我？"

　　欧呈挚的宝马跑车在高速公路上疾驰，马晔快乐地在车内尖叫，车内放着一支英国乐队欢快的歌。

男子恼怒地说："你是不认识我，可是我认识你！从你第一次走进这家酒吧唱'老橡树上的黄丝带'起我就开始注意你了。我每个星期都来，就是为了看到你。我还知道你的事情。不就是死了一个男朋友吗？干吗这么折磨自己！他在天堂也希望你过得好啊！"

她扑进他怀里纵情地哭，好像要把这许久的痛苦都随泪水流走。

男人轻轻拍她的肩，把她带到他自己的车上。哭累后的马晔睡着了，醒来发现自己躺在一个陌生的屋子里。这是一间有淡棕色调的卧室，很大，足有30平方米，一侧角落里还有一个小型吧台，上面放着几瓶洋酒和红酒。马晔坐起，发现自己的衣服还完整地穿在身上，披上外套，来到客厅。她看到那个男人正舒服地躺在沙发上看影碟，是苏菲·玛索演的《情迷野百合》。她想，这个人品位不错啊！男人看到她，立刻坐起，笑着说："醒了？"

马晔有点不好意思地问："我刚才是不是很出丑？不好意思，还没请教你的名字。"

他说："我也姓欧，叫欧呈挚。"

马晔的脸色变了，欧呈挚马上说："对不起，我不是故意揭

你的伤疤，我只是觉得你应该有面对伤痛的勇气……喝酒吗？"

马晔说："不，给我一杯红茶吧，如果不嫌麻烦。"

"当然。"

欧呈挚起身给她煮茶。一边煮一边和她说话："我知道我让你吃惊，对不对？我们居然是以这种方式见面的……刚才，把你打疼了吗？"

"没有。"

"我是设计师，搞室内装潢。有家自己的公司。"

"哦。"

"很喜欢听你的歌，《老橡树上的黄丝带》。"说着男人轻轻哼起来，声音很愉快，把歌里忧伤的调子抹去了，但是很好听。

"你怎么能那么快乐？"

"为什么不呢？人生很短暂啊！何况我觉得一个人的死就是为了另一个人的生，欧以达死了，你应该为他而再生。"

……马晔沉默了。

她觉得在欧呈挚面前感觉很放松，欧呈挚有一种力量，可以把沉重的人生过得轻快无比。

"怎么样，想去飙车吗？"

马晔点了点头。

欧呈挚的宝马跑车在高速公路上疾驰，马晔快乐地在车内尖叫，车内放着一支英国乐队欢快的歌。欧呈挚一边开车一边微笑看着她说："你真是一个让人怜惜的女孩！"

从这以后欧呈挚常常约会马晔。他公司业务很忙，有时候他在马来西亚或者欧洲的某个城市会突然给马晔打来一个国际长途，让马晔惊喜无比。每次他出差回来，总是会给马晔带来很多礼物，名贵的时装、珠宝、CD等等不一而足。但是他从来不给马晔什么承诺，也不说"爱"这样的字眼。每次见面，他只是礼节性地亲吻马晔的脸庞，很谦谦君子的样子。

一年后，欧呈挚最后一次见马晔。他对马晔说："我会定居意大利，以后可能很少回国了。看到你现在过得快乐，我就很开心了。记住我说的话，一个人的死是为了另一个人的生，从此我就会从你生命中消失，但是我的消失是为了带给你新的生命。"

后来马晔才知道，欧呈挚是欧以达的哥哥。他所做的一切，是为了让弟弟最爱的人过得好。现在他的任务完成了，他必须回到他自己的生活中。

尽管呈挚消失了，马晔对他却始终心怀感激，是他让自己走出了生命的低谷，这真是一个永远值得怀念的男人啊！

木 子..

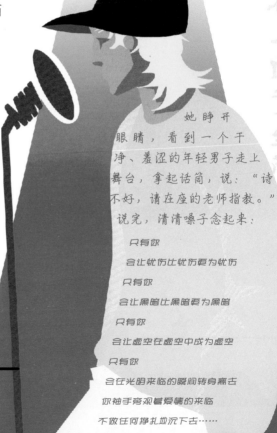

马晔的生活又恢复了平静。工作的忙碌让她很容易忘记那些已经过去的事情，只是偶尔空闲的时候，她会来到那个酒吧。现在她所回忆的不是一个男人，而是两个。但是，她再不会那样纵酒，她已经很久不喝酒了。每次去，她只会要一杯香浓的巴西咖啡静静啜饮。此时的她已经26岁，这间酒吧陪她度过了6年时光。

这间酒吧里，每隔一段时间就会举办一个文化沙龙，当地一些文化人来此聚会。有一天，她去的时候，正好是这个城市最优秀的地下诗人汇聚在此举办诗会。他们喝啤酒，轮番朗诵自己最近的诗作，以供别人欣赏或者评点。

她找了个不起眼的座位坐下来，一边喝咖啡，一边听那些似乎与生活相去很远的声音。

"最后一次我离去了/我知

她睁开眼睛，看到一个干净、羞涩的年轻男子走上舞台，拿起话筒，说："诗不好，请在座的老师指教。"说完，清清嗓子念起来：

只有你
会让忧伤比忧伤更为忧伤
只有你
会让黑暗比黑暗更为黑暗
只有你
会让虚空在虚空中成为虚空
只有你
会在光明来临的瞬间转身离去
你袖手旁观着爱情的来临
不做任何挣扎地沉沦下去……

道身后那双眼睛/但是/我知道回头的刹那/那将成为幻影。"

"每一天/你都在死去/死在你的梦境或者游离里/每一天/你都将重生/生在你的希望和绝望里。"

她闭着眼睛听那些声音。那是一些饱含深情与激情的声音，在那一刻，瓦解着她的意志。

她睁开眼睛，看到一个干净、羞涩的年轻男子走上舞台，拿起话筒，说："诗不好，请在座的老师指教。"说完，清清嗓子念起来："只有你/会让忧伤比忧伤更为忧伤/只有你/会让黑暗比黑暗更为黑暗/只有你/会让虚空在虚空中成为虚空/只有你/会在光明来临的瞬间/转身离去/你袖

手旁观着爱情的来临/不做任何挣扎地沉下去。"

她不懂得诗，但是她懂得这诗里的痛苦。她看着舞台上那张年轻的脸，他可能和自己差不多年纪，他穿T恤衫和球鞋，看得出他的贫穷。

年轻诗人颤抖着声音念完自己的作品，周围的别人则继续着他们大声的言论，看来他们对这个年轻人是毫不在意的。为此，年轻人的表情很痛苦很难堪。他尴尬地站在舞台上等待别人的评析，可是酒吧里一片嘈杂。他还是个无名的诗人，那些早就成名的人不屑于对他点评。马晔为他痛苦的表情而感到心疼，于是她轻轻从座位上站起来鼓掌。她一边鼓掌一边走向舞台，顺手从一张桌上摘了一朵玫瑰，送给年轻诗人，并且在他脸上轻轻一吻，说："你真棒！"说完，她接过诗人手中的手稿拿过话筒轻轻念起来，她的声音如同波浪一样起伏，那声音轻柔而充满磁性，有一种让人安静的力量。就像多年前她唱那首《老橡树上的黄丝带》一样，整个酒吧里的人都停止了他们的声音。她的声音再次征服了酒吧里的人。念完后，她含笑向台下致意，她真是光芒四射啊！尽管她只是随意穿着一条黑色紧身裙，一条鲜艳的红纱巾斜斜披在肩上，她嫣红的嘴唇如同一朵玫瑰，她的眼睛娇媚而性感，她热情又冷漠、高贵又矜持。她在心里嘲笑那些自以为是的成名诗人，牵着那个年轻诗人的手走下舞台，把他带到自己的座位上。年轻诗人感激地说："谢谢，谢谢

你……"

她笑笑，说："写得很动人，我很喜欢。"说完，她给诗人做了个再见的手势，就转身离去了，留下一双无比惆怅的眼睛。

接下来，她有很长一段时间没去那间酒吧，因为报社的工作很忙。每天早上醒来，她喜欢一边喝杯加了少量咖啡的牛奶，一边翻自己所在报社的报纸。大概一个月之后，她看到报纸上一则整版广告：

寻人启示——

寻找，这个世间最美丽的女子。

她曾经出现在2000年11月3日深夜的"自画像"酒吧

她的声音比夜莺更动听

她的容颜比玫瑰更美丽

她的嘴唇比白日更明媚

她的眸子比黑夜更无垠

如"她"看到这则启示，请于2000年12月5日午夜在自画像酒吧见面。

广告上还有一个手绘的女子肖像，黑色紧身衣和鲜红的纱巾……

马晔感到心好像突然就停止了跳动。

12月5日，她一步步走向那间她已经非常熟悉的酒吧，可是这酒吧似乎焕发出新的光彩。

她深深吸了一口气，然后将门一推……

酒吧内一片黑暗，一片寂静，她惊讶地站在黑暗中不知所措。突然眼前亮起了荧荧烛光。一个年轻男子举着烛火慢慢向她走来。一阵木吉他的声音划破沉寂："我是你闲坐窗前的那棵橡树，我是你初次流泪时手边的书，我是……"那是一首马晔很熟悉的校园民谣，这首歌让她想起自己的大学时光。年轻男子在她面前站定，说："我叫木子，我们曾经在这里见过面。"马晔微微闭上眼睛说："是的。"年轻男子说："我一直在寻找你。我后来天天来这家酒吧等你，你却一直没来，我只好在报纸上做广告，那花去了我所有的积蓄。"马晔说："还好我看到广告了。"男子温柔地说："那么，如果我告诉你，我爱你，你会接受吗？"马晔喃喃道："我不知道……我就像在做梦……我不知道……"

木子说："亲爱的，不是梦，你睁开眼睛看看，你就知道不是梦。我是诗人，你是我的诗，我生命的意义。"

马晔说："但是我不认识你。"

木子说："好吧，我告诉你。我是一个还不出名的诗人，所以我很穷。但是我肯定会成名的，因为我对自己的才华有信心。我在见你第一面的时候就爱上你，如果你对我有信心，你就和我在一起吧！"

马晔觉得自己无法思考，也无法抵挡木子的吸引，于是她点头说："我相信你！我相信你！我相信你！"

木子就像这个物欲横流的社会中的清泉，在所有人都为着名利而挣扎的时候他只想苦苦实现他的理想。

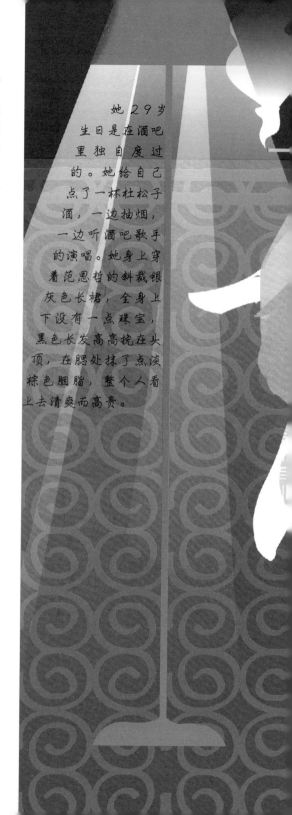

马晔第一次随木子到他家时，被他的清贫吓了一跳。这是他租的十来个平方米的小屋子，一面墙上钉满木格子，就充做书柜，放满了书，另一边靠墙放了张书桌、一张凳子，另外还有一张小床，这就是他所有的家具。不过屋子收拾得很整洁，这倒不像个单身男子的屋子。

木子抱歉地对她说："我不能带你去大酒楼吃饭，平时我都是吃泡面、馒头之类的。"

马晔展颜一笑说："你就安静写你的诗就行了，别的事情我帮你打理。"说完，马晔就去菜市场买菜。当天，她给木子做了一桌菜：萝卜炖牛肉、鱼香肉丝、炒青菜、香菇火腿汤。他们捧着饭碗，微笑对坐。饭后，木子安静地坐在书桌前写作，她则在木子身旁看书。

马晔觉得这样的时光许久不曾有过，安详而美丽。不久后，木子像是无意中想起，说想出一本书，但是自费出书很贵。马晔毫不犹豫地问他要多少。他说，5万吧。第二天，马晔就给了他一张银行卡，说这里存了5万元钱。那些日子，马晔每天下班后就直接去木子家中，帮他整理旧稿件，把所有稿件清清爽爽打印出来交给出版社。马晔还动用了自己所有的媒体朋友给木子做宣传，给他组织读者见面会、在报上做书评等等。书出来后，不仅在本城大火，还立刻在国内形成一种木子文化现象。木子成为了当代中国最著名的青年诗人，从地方到中

她29岁生日是在酒吧里独自度过的。她给自己点了一杯杜松子酒，一边抽烟，一边听酒吧歌手的演唱。她身上穿着范思哲的斜裁银灰色长裙，全身上下没有一点珠宝，黑色长发高高挽在头顶，在腮处抹了点淡棕色胭脂，整个人看上去清爽而高贵。

央的电视台都请他做访谈，全国各大高校请他讲学，他的诗被翻译成英文、法文、葡萄牙文。木子变得很忙碌，一天到晚在飞机上度过。

自从木子成名后，马晔就几乎没再见过他了，就算见，也是在人群中匆匆一见。木子搬离了那个十来个平方米的屋子，一家房产公司请他做形象代言人，送给他一套价值近百万的高尚公寓，但是马晔还没到那房子里去过。木子曾经就这房子给马晔打电话说过，他说："宝贝，我现在太忙了，这房子要装修，我这段时间就住在宾馆，等装修好了我就带你去。"更多时候，他匆匆打来电话说："我正在做讲座，现在的大学生悟性真的太低了，唉……"

尽管木子常常打来电话，马晔还是感觉事情朝着始料不及的方向发展了。对于感情的事，马晔一向具有敏锐的直觉。

这座城市的文化沙龙又一次在一所大学的大礼堂召开了。这一次，不是普通意义上的聚会，而是一次文化课题的讨论，这座城市最著名的学者、文化名流、媒体记者都参加了。马晔作为报社文化版的记者被邀请参加了这次盛会。马晔知道，在这次会上，必将见到木子，想到一对恋人居然将以这种方式见面，她心里很不是滋味。

近段时间，看着杂志上、报纸上、电视上木子的模样，她想起一年前的那个木子，那个站在酒吧里，因无人喝彩而尴尬无比的木子，那张清瘦的脸、那羞涩的表情。那些时光已经不再来了啊……那个酒吧里，木子守候着她的到来；他的小屋里，两人一同做饭、一同看书……那些信誓旦旦的时光都已经不再来了。

大小媒体的记者围在讲台旁，木子在众人的掌声中走上舞台。此刻的他穿着中式长衫、布鞋，很"诗人"的样子。他显然看到了她，对她微微一笑，那微笑是矜持而含蓄的，看不出任何深意。马晔看到那微笑时，感到心在抽搐。

沙龙结束后，马晔给木子发了信息：该结束了。

木子很快打来电话，他说："那5万块钱我明天转到你账上。无论如何，你是我看到过的最有魅力的女人，但是命里注定我们无法在一起……真的，小晔，我很感激你，我现在有的一切在很大程度上都是你给的，你给我灵感也给我物质上的帮助，但是我知道无法为了一个女人而停止我自己的脚步，所以小晔……再见吧！"

这段感情结束，马晔没有流泪。她觉得她无法责怪木子，世界毕竟是现实的，能够抓住目前才是真正美好的。她也许会长久记得那个寂静的酒吧夜晚，木子所带给她的惊喜，一片漆黑中，他告诉他爱她。那种浪漫，恐怕再也不会拥有。从此，她只能站在遥远的地方注视着他，他的荣辱悲欢都不再与她有关系，短暂的恋情呵，就这样各奔东西……

男 孩……………

马晔过了很长一段时间寂寞的生活。当然，她有许多朋友，她的工作很忙。在她29岁这年她已经是文化版主编了。她每天在报社、家与那些采访对象之间穿梭，大约每个月还会去一次酒吧。那家酒吧已经成为她生命的一部分，如果哪个月不去，她会觉得生命就不完整。她知道欧以达、欧呈挚与木子都不会再去那家酒吧，酒吧的存在只对她有深刻的意义。

她29岁生日是在酒吧里独自度过的。她给自己点了一杯杜松子酒，一边抽烟，一边听酒吧歌手的演唱。她身上穿着范思哲的斜裁银灰色长裙，全身上下没有一点珠宝，黑色长发高高挽在头顶，在腮处抹了点淡棕色胭脂，整个人看上去清爽而高贵。

一群人从门口拥进，在她身旁的一张桌子边坐下。那喧哗的声音过大了，她不由看了他们一眼。是一群年龄不超过20岁的年轻人，男孩脸上刚长出胡须，女孩的身材刚刚发育成熟。他们5个人要了两打百威，一坐下就开始闹酒。说是闹酒，实际上是两对小恋人合伙整一个男孩。别人举起杯，那男孩拼命摇手，说自己不会喝酒，一个女孩就走上去捏着他鼻子将酒灌下去，男孩被呛得直咳嗽。男孩的表情很窘迫，不时抬起慌张的眼睛看一下四周。短短几分钟里，他已经被灌了两瓶酒下去。他伸着脖子喘粗气，手在胸口抓着，看起来真是难受极了。他的同伴们却不肯放过他，一边灌他酒一边说："今天晚上我们要你变成男人哦！"说完大家笑成一团。几次他挣扎着要走开都被强拉在那个地方坐着。

马晔看不过去了，向服务生招手，要他拿张纸条给那男孩，并且嘱咐服务生说，一定要大声地说"先生，那边有位小姐请你过去一下"。果然，服务生将纸条递给男孩，并且那样说了后，那些男孩女孩都往马晔这边看。马晔微微举杯对他们微笑。于是在一片哄笑中，男孩红着脸来到了马晔桌前。

马晔给男孩要了杯奶茶，然后指指对面的位置让男孩坐下，然后说："别误会，我只是不想看你被欺负。"而后自顾自地喝酒。

男孩一直将头埋着，偶尔抬起慌张的眼睛看马晔一眼，又立刻将眼睛挪开。当他看清楚马晔的模样时，心里被重重撞击了一下。他从来没有看过如此美丽的女子。马晔和他说话，他听在耳朵里就是"嗡嗡嗡"的声音，因为他的脑子都被马晔的模样占据。他想看马晔，简直看不够，可是又不敢看；想和她说话，可是又不敢说，于是只能不停喝奶茶。

马晔起身离开，将男孩扔在座位上，自顾自走出酒吧。

男孩沉默了半响，不知道从哪里迸发出的勇气，冲出酒吧追上去。马晔正坐在车内，男孩敲开她的车窗说："带我走吧！"马晔犹豫了一下，打开车门让男孩上车，然后开车向家的方向而去。

男孩随马晔来到她的家中。这是单身女人的房间，80平方米的住所。日式榻榻米上面扔着些红黄蓝的靠枕。马晔脱了鞋子，去厨房温了一小瓶日本清酒，坐下来和男孩对饮。男孩红着脸坐在她对面。她靠在墙壁上，怀里抱了一个靠枕，神态安详又疲惫。她抬头看了看挂在墙上的钟说："现在是11点03分。我的生日还剩下最后的57分钟。"

男孩惊讶地看她说："今天是你的生日？"说完，拉开屋门撒腿就跑。

马晔在他身后叫了声："你干什么去呀？"

男孩的身影已经消失在门外。

马晔苦笑一下，举起酒杯说："干杯，马晔，看来你是注定孤独的！"

马晔仰头喝完酒，翻了几页书、整理了一下当天的采访笔记，准备去洗浴。此时，却响起了"砰砰"的敲门声。她打开门一看，是那男孩。他喘着粗气，一只手抱个蛋糕，一只手拿着几朵牵牛花，他不好意思地说："我在街角花园偷的，只有牵牛花了……"马晔怔怔看着他。他径直走进屋子把东西放下，又从牛仔裤口袋里掏出一个塑料编的金鱼，他将金鱼握在手中，无比珍重地说："这是我妈妈编的，妈妈去世了，是妈妈留给我的惟一的东西，送给你。我一直想，当我遇到我第一个喜欢上的女孩就送给她。"

"生日快乐。"男孩的眼睛无比纯净。

他把蛋糕取出来，一边插蜡烛一边说："我不知道你多大，因为我今年18岁，我希望你也是18岁，所以我们插18根蜡烛，到了明年我19岁了，你仍然只有18岁，那样我就比你大了。"

马晔被男孩孩子气的话逗得扑哧笑出声来，一边笑，却一边擦眼角的泪水。

男孩深深看了马晔一眼，说："你愿意告诉我你今年多大吗？"

马晔笑笑说："29，大你一个年代了。"

男孩说："那我可以叫你姐姐，但是我不愿意叫你姐姐。我更愿意叫你……"

马晔问："什么？"

男孩扮个鬼脸笑笑说："我先不说吧！我要谢谢你今天帮我解了围。我们先吹蜡烛吧！"

关了灯，男孩轻声唱着："Happy birthday to you！"

钟声敲响12点，男孩立刻背上包，说："我要走了，明天还上课。"他停了一下，又说，"以后，还能看你吗？"

马晔想想，说："当然……我的生日，今天很快乐。"

"再见，'姐姐'。"男孩走了。

马晔站在窗口，看男孩透入黑暗的背影，若有所思。远处传来男孩轻快的口哨声。在那一刻，马晔觉得自己老了。

他......

酒吧里永远会有那样懒洋洋的布鲁斯。

马晔觉得自己很苍老了，内心的不安日渐强烈。她觉得自己更渴望的是一个平淡却安稳的结局。她看着镜子里如花的面容，却明白苍老是摆脱不了的宿命。她如同一条寂寞的鱼日日游走在城

那只粉红色塑料金鱼被她挂在卧室窗口，配上一个小铃铛，风吹来就会发出快乐的铃响。她想，这铃铛的声音真如同男孩一样单纯而快乐。

市的河流里。

男孩常常在不经意的时候出现在她面前。有时，她深夜从酒吧归家，在楼下花台前会看到一个黑影突然站起，那个男孩手插在牛仔裤口袋里，向她快乐地微笑。

那只粉红色塑料金鱼被她挂在卧室窗口，配上一个小铃铛，风吹来就会发出快乐的铃响。她想，这铃铛的声音真如同男孩一样单纯而快乐。

她从没想过男孩的名字和来处，男孩叫她姐姐，而她就接受男孩带给她的单纯的快乐。男孩有时候会把他的木吉他带来，他们一起坐在地毯上喝啤酒、弹吉他、唱歌。有时候小男孩会为她煮银耳莲子羹，而她则给小男孩做辣鸡翅。他们在一起的时光，单纯快乐而甜美。每当时间到午夜12点，小男孩就会起身离开，就像穿上华服的灰姑娘要在12点钟声敲响时逃出王宫，否则魔法就会消失。

男孩再不去酒吧，马晔却还是每月会至少去一次。那酒吧在几年间已经装修过两次，呈现出与以前不同的格局，对于马晔而言，这就如同自己的生命在不断改变一样。有时候，带着玩笑的心情，她也会想，也许在那个地方真能够找到一个可以真心相许的人，不需要荡气回肠的爱情，只要有牵手的温暖。

但是，奇怪的一件事情是，从20岁到29岁，马晔至少已经有上千次踏入这家酒吧，可是她从来没有想过开酒吧的是何许人。

有一天，他竟然出现在马晔面前

了。

那天，马晔依然坐在靠窗的位置。

那天下了一点小雨，所以外面的街景看上去是清寂的。

马晔的目光散漫地望着窗外，她看到一个男人穿过人群向酒吧走来，蓝色格子棉衬衣，手插在裤袋里，走路的姿势很安闲。她就想，这是一个无所欲求的男人。

他推开酒吧门，四处张望了一下，然后径直朝马晔走过来，在她面前坐下。

他两手交叉着放在桌上，那是一双修长的手，敏感而多情。马晔看清楚了他的模样，真是一个很好看的男人哦！那是一种不张扬的好看，成熟、内敛而沉着的脸。

他说："我一直考虑要不要坐在你面前，这个问题困扰了我许多年。"

他说，他就是这家酒吧的主人，9年前，他看着马晔穿着碎花裙子跟随一大群人走进酒吧，那双眼睛四处好奇地打量，如同小鹿一样。

8年前他看着她跟一个英俊青年常常来这里幽会，那个青年一定爱极了她，他们在一起的时候，他的眼睛一刻也离不开她，还有，他喜欢抚摸她的耳垂。

6年前，他看着她喝醉了酒被一个男人打了两耳光，可是他明白那个男人是因为爱惜才打她的。

4年前，他看着她被一个青年诗人迷住或者说一个青年诗人迷恋上了她，那个诗人包下了整个场子，只为了再见到她。

然后，有几年，她只是一个人来。来了以后，不和任何人说话，只是望着窗外沉思。

然后，就是不久前，他看到她带走了一个被同伴灌酒的小男孩。

……

马晔听着他的幽幽述说，内心一而再再而三地被疼痛揪得痉挛。

他继续说，他是一个不结婚的人，他开酒吧9年，这正是马晔来到这家酒吧的年数。他在见到马晔后犹豫了好

久，要不要为她放弃不结婚的誓言。他
想，如果10年后，马晔仍然是孤身一
人，那么他就会向她求婚。

现在是第9个年头，他还需要等一
年。

说完，他微笑着看着她，说："再
见了。一年后我们再见。这一年，我将
继续隐身，默默观望你。希望明年这个
时候，你还是独身。"

马晔独自走在黑暗的街上，她的心
里空空如也。也许幸福来得太强烈，也
有可能仅仅是因为震惊。

走到楼下花台前一个黑影站到了他
们身旁，男孩的声音说："姐姐……"

男孩的声音如此孤单、无助，似乎
失去了整个世界。他背着他的木吉他，
他手上还捧着一盆小小的仙人掌。男孩
说："我刚才去酒吧了，我看
到一个男人坐在你对面。我
想，姐姐，你应该有一个人来
照顾你了……"

男孩说："可能你觉得我
只是一个孩子，但是我和那些
人一样懂得爱。"

马晔被男孩的目光击碎。

她走上前，微笑着对男孩说："记佳，
我是你的姐姐，永远的。你还年轻，不
应该为我而停留。也许等到明天，你就
会遇到真正值得你去喜欢的女孩，而我
呢，也会找到能够懂得我照顾我的人。
那时候，我们还会在一起，彼此祝
福……"

说完，她将男孩留在黑暗中，心里
想，也许，再等一年……一切都会好。

最 后……………

最后，马晔想到离开这个城市。她
辞去报社的工作，收拾了行李，买了去
一个海滨小城的机票。

在海边，她日日游走，让海风吹走

马晔投入欧
呈挚的怀中。她在心里
暗暗说："对不起，我没
有再多等一年时间，因为眼前
这个男人才是最值得我珍爱
的。"那根黄丝带在海风中飘摇
着，飘摇着……

自己的过往。

回到宾馆，她所做的只是看书、吃许多新鲜瓜果。

这样的日子清新而明丽。

她已经在这个小城呆了一个月了。

又一个黄昏来临，她坐在礁石旁听海浪拍打礁石的声音。距此大概两百米远处，有一棵很老很老的橡树，树上竟系了一根黄丝带。

"小晔。"一个低沉的声音在身后出现。她回头一看——

欧呈挚？欧呈挚！

那个打她耳光的人、带她飚车的人、让她走出深重的痛苦的人、教会她每一次死去都必须重生的人。是他。

他说："离我第一次见你已经十年了呵！不过那时候你是我弟弟的女朋友，而现在，我乞求你成为我的妻子。"

她没有听懂他的话。

他说："过去，因为我弟弟的缘故，我不敢和你在一起。尽管他已经死了，我还是觉得他似乎会指责我。我甚至不敢向你表白。这么多年来，我日日生活在思念中，没想到上天让我们在这里重聚，我怎么还会错过呢？"

"你看到那棵橡树了吗？上面的黄丝带就是为你而系的。"

马晔看着在橡树上飘摇的黄丝带，她在内心比较着那个隐藏在"自画像"背后九年默默关注着她的那个男人与眼前这个男人。那个男人说，如果再等一年，她还是孤身一人，他就会向她求婚。曾经有那么一刻，她已经在盼望着一年后那个时刻的到来。可是，此刻欧呈挚的出现又击碎了她的想法。

她记起以往的片段，欧呈挚在她生命最低谷的时刻出现在自己面前，如果没有他，自己还会有面对生活的勇气吗？她知道他是那种不会用语言来许诺，却会用行为来发下誓言的男人。比如，当年他用行动完成了照顾弟弟女友的誓言，而后抽身离去。在这个世界上，还有谁比他更堪托付？

她对经营了"自画像"酒吧的那个男人心怀感激，但是对于她来讲，那个男人与"自画像"一样，只是她过去生命的背景，永远不可能成为未来生命的主题。

马晔投入欧呈挚的怀中。她在心里暗暗说："对不起，我没有再多等一年时间，因为眼前这个男人才是最值得我珍爱的。"那根黄丝带在海风中飘摇着，飘摇着……

心若有痕

ALLEN STORY

心若有痕

女孩应该穿着格子棉衬衣和牛仔裤，如杂志上一样，梳着两条麻花辫子。女孩应该和孩子们开心笑着。她的脸上和那些孩子一样，应该已经出现了高原红，看上去朴素和健康。

"酒吧里没人唱情歌"。这是贴在墙上的一张小纸条。任啸在靠墙的桌子边坐了半小时后，才看到这张纸条。

"酒吧里没人唱情歌。"这是贴在墙上的一张小纸条。任啸在靠墙的桌子边坐了半小时后，才看到这张纸条。

这是一家可以留言的酒吧，叫"阿伦故事"。每一张桌上都放着纸和笔以及双面胶，写完后可以顺手贴在墙上某个地方。这是比在网络论坛更能看到稀奇古怪的言论的地方。任啸3小时后要登上去上海的飞机。他来成都也仅仅是游玩而已，中午就退了宾馆房，在那些长街小巷四处游荡。后来想，不如到一家酒吧坐坐。他坐下后只要了两瓶啤酒，一边喝一边看那些纸条。看到那张写着"酒吧里没人唱情歌"的字条时，他哑然失笑。

写那纸条的显然是女孩，字纤细秀丽。

任啸32岁，IT界精英，独身。大多数IT人士都有着程序化的头脑，思维严密理性，只相信科学而不存在幻想。任啸则是这个行业里的叛逆。任啸心血来潮，在那张纸条上补充道：想听酒吧里的情歌，请于10月30日万圣节夜晚飞上海虹桥机场，我会在那里等候。后面留下他的电话。

1个小时后，任啸提着行李往双流机场而去。上了飞机，他就把这件事情忘得干干净净。

一回到上海，他就投入到昏天昏地的工作中。公司要开发一种新的软件，他们这些别人看来光鲜无比的白领人士早就习惯了通宵达旦加班，做着比蓝领更消耗体能的工作。这个过程一忙就是两个月，期间他陆续收到了几个电话，说要来上海和他共度万圣节，然而最终都因为种种原因放弃了行程，只有一个女孩子没有讨论任何行程的细节，只是约定万圣节晚上10点左右虹桥机场见。转眼，日子从夏天到了秋天。公司同事约着万圣节的晚上大家一起找间酒吧Happy一下。几个女同事还专门购买了万圣节的服饰。所谓万圣节服饰，也不过是通常的小礼服加上万圣节的圣灵面具。任啸想那短信不过是个玩笑罢了，否则为什么一点确认都没有。

他们十来个人在酒吧里喝得酩酊大醉，将酒吧里为客人准备的万圣节糖果当做武器般四处打，把南瓜灯划成两半当帽子戴在头上，把圣灵面具戴在脸上躲在暗处吓人。

午夜12点的时候，他的手机突然响起。此时他已经醉得不省人事，同事拼命掐他的鼻子把他弄醒。他含含糊糊拿起手机说："喂……"

"你这个王八蛋不是说要给我唱情歌吗？我今天从成都飞到上海在机场整整等了你两个小时了，白痴！"一个年轻女孩的声音如炸弹一般响起。

他的酒立即醒了一半，并且变得口吃了："你、你、你说什么……"

"你、你、你是大舌头啊！我告诉你，你必须在半小时后到这里来，否则你就等着看明天报纸的头条吧！"女孩怒气冲冲地说。

"你在哪里？"

"机场。"

任啸立刻想起两个月前在成都的一间酒吧的留言，他直骂自己真是白痴。可是他又为即将要有的会面兴奋不已。那女孩尽管很蛮横，但是声音很好听啊！而且说到底，也是任啸自己失信于人，难怪别人生气。

任啸立即推门而出，往机场而去。

午夜的机场，只有个别寂寞的旅人。任啸四处寻觅。

在候机大厅里，他看到一个年轻女孩的背影。扎着马尾巴，穿毛衣、牛仔裤，背一个小小的双肩旅行包，耳朵里塞着耳塞，显然正在听音乐，并且身体随着音乐的节奏起舞。开始只是小小的无意识的动作，后来女孩就开始忘形了，完全忘记了自己是在机场众目睽睽之下，只顾着自己孤独起舞着。

他一步步走向那女孩，就在离女孩一米远的地方，女孩突然转身，面无表情地看着他说："你来了？"

任啸又开始变得口吃起来："我，我……"任啸想问她怎么知道那个留纸条的人就是自己，又想解释自己为什么失约，却什么也说不出。

"'我'什么'我'！我现在已经没兴趣听歌了，你先请我吃饭，我午饭、晚饭都没吃。"女孩不耐烦地说。

任啸这会看清楚了女孩的脸，明亮的眼睛、白皙的肌肤、红润的嘴唇，干净而明媚。

"对……不起。我……你想吃什么？"任啸问。

女孩歪头想想，说："'松子鱼'、'烧圈子'、'鳝鱼糊'、'醉虾'、'醉蟹'、'熏鱼'……"说的都是上海名菜。

"你、你能吃下这么多，你一人？"任啸看着女孩苗条的身段。

"吃不吃在我，请不请在你。谁叫你有错在先！"女孩娇嗔着说。

"好好好，我服了你。"

任啸把女孩带到一家大酒楼，可是

他看到一个年轻女孩的背影。
扎着马尾巴，
穿毛衣、牛仔裤，
背一个小小的双肩旅行包，
耳朵里塞着耳塞，
显然正在听音乐，

女孩却停下了脚步，说："我改变主意了，你请我吃冰激凌就好了。"

于是任啸带女孩去了哈根达斯冰激凌店，女孩要了个抹茶味的，任啸给自己买了个巧克力味的。他看到女孩灵巧的舌头一卷，就把那冰激凌上的草莓卷进了嘴里。女孩吃得很专心，似乎这是世界上最严肃的事情。

她一连吃了五小勺之后，终于歇下来，说："知道吗，我高兴和不高兴的时候都会吃冰激凌。"

"那你现在是高兴还是不高兴呢？"

"刚才不高兴，现在吃了冰激凌就高兴了。"

"你真的是看到我写的纸条就跑过来了？"任啸问。

"当然，那还用说！"女孩气愤地说。

"吃了冰激凌后想去哪里？"

"你……带我去喝酒吧！"

任啸想了想，点了点头。

他带她去了一家安静的小酒吧。这是一家印巴风格的酒吧，四处挂满了印度、巴基斯坦的饰品。也许因为位置比较偏僻，所以此刻酒吧内没有几个人。酒吧里放着柔美的音乐，很适合午夜人们的心情。

坐在座位上，他抱歉地说："真的是很对不起，当时只是心血来潮开一个小玩笑，没想到你会当真。"

女孩做出无所谓的表情说："没关系，你已经请我吃了冰激凌，还请我喝酒，我很高兴了。"

"不过你真是一个特别的女孩，谁会为了这么一句话较真呢？"

"其实我也想这是一个简单的玩笑，但是我心里还存在希望，希望奇迹能够出现。为了这个'奇迹'，我就来了……你会唱情歌吗？"

"……不会……但是，我为你弹首曲子吧！"他走到吧台前，和吧台内的人商量了一下，然后他就坐在酒吧角落里的钢琴前，手指滑动起来……

"《谁拣到这张纸条我爱你》！"女孩听着那旋律突然惊叫起来。

"原来你果然活着，要不就是他让我找到你！"女孩开始说莫名其妙的话。

"杜渑、杜渑……"女孩歇斯底里叫起来。

任啸走过去扶着她的肩头惊慌地问："你怎么了，你……"

女孩子扑进他的怀里泪雨滂沱，一双小拳头拼命捶打在他肩头，说："杜渑，杜渑，我知道是你，不管你变成什么样子我都知道是你！"

酒吧里的人渐渐围上来看着他们，任啸不知所措地轻轻拍女孩的肩，安慰着她。女孩却身体一软，瘫倒在他怀里晕了过去。

任啸只得将她抱出酒吧，他知道女孩只是情绪激动，所以，犹豫片刻，他没有将女孩送到医院，而是把她带回自己的寓所。

女孩在一个小时后醒来了，醒来第一句话就是："杜渑，杜渑……"那声音很慌张，似乎害怕这个叫"杜渑"的人一下就不见了。

任啸递给她一杯滚烫的牛奶和一碟曲奇，说："吃点东西吧，你应该一天都没吃东西，除了那个冰激凌……另外，你弄错了，我不是什么'杜渑'，我叫任啸，是在成都的酒吧里给你留纸条的那个……"

"如果不是杜渑，你怎么会弹那首《谁拣到这张纸条我爱你》……"

"那是一首很老的英文歌啊，很多人都听过，我很小的时候就喜欢的。"

女孩的眼睛里溢出失望的泪水。

任啸觉得不忍心，就说："没关系，你一定会找到你的那个杜渑的。"

女孩喃喃："我知道，他已经死了。我只是不死心。现在，我总算明白了……"

后来，任啸知道了女孩的故事。

杜渑是她的邻居，大她两岁，两人一同长大，小学、初中、高中都在同一所学校；为了在一起，考大学时，女孩也报考了杜渑所在的那所大学。从小玩过家家的时候，她就永远是扮演他的新娘子。她被别的男孩欺负，杜渑用他的拳头教训那些坏孩子；杜渑小时候贪玩撕破了衣服，她学着妈妈的样子帮他一针一线缝好，帮他逃脱妈妈的责罚；他带她到郊外山上去摘桃子，她则给他念那些她觉得很美很美的诗句。她第一次来例假的时候，也是杜渑发现的，那真是一个尴尬的场面啊！15岁的杜渑指着她的裤腿说："血、血、血！"她羞红了脸，"蹬蹬蹬"跑回家，杜渑也在那一刻模模糊糊知道了那代表什么。他们彼此的生命中深刻地烙下了对方的影子，这是任什么都无法抹去的。

18岁那年，女孩考上了杜渑所在的那所南方大学，两家的家长都暗地里想着，等他们毕业后就让他们结婚。但是女孩在大学里受到许多男孩的追捧，有段时间，她疏远了杜淏，而和学校里最帅气的男孩很接近。男孩不仅帅气，家里还很有钱，他会变着花样讨女孩欢心。杜淏生着闷气，暑假的时候，他没有像往常那样和女孩一起坐火车回家。女孩回家的前一天晚上，杜淏约女孩去学校附近的一个小酒吧，他说，他要给女孩唱一首情歌，那首歌就是《谁拣到这张纸条我爱你》。他唱得很投入，但是那时候女孩太年轻，还不懂得那首歌里的伤悲。第二天，女孩坐上回家的火车，杜淏则独自去西藏旅行。他这一走就再没回来过。后来，阿里公安局打来电话说，他们发现了一具尸体，在死者背包里他们找到了死者的身份证，是杜淏。公安局分析，杜淏是孤身探险，在高原得了感冒后没及时治疗，病死在无人区的。

女孩坐在任啸的床上，托着腮，眼睛望着天花板，轻轻唱着一首歌：

后来/我总算学会了如何去爱/可惜你早已远去消失在人海

后来/终于在眼泪中明白/有些人/一旦错过就不再

……而又是为什么人年少时/一定要让深爱的人受伤

在这相似的深夜里/你是否一样/也在静静追悔感伤

……永远不会再重来/有一个男孩/爱着那个女孩

永远不会再重来/有一个男孩/爱着那个女孩

第二天，女孩走了。她没有留下她的名字和联系方式。任啸的生命中似乎从来没有出现这个女孩的影子。

一年后，任啸开始了一场平淡的恋爱，对方是一个各方面都不错的人，长得不错、身材不错、工作不错、收入不错、脾气不错。既然如此，那就结婚吧！第二年，任啸开始为结婚做准备。

这一年任啸34岁。

可是又一场意外改变了他。

一天，他在翻一本旅游杂志，他在杂志上看到一张似曾相识的脸，明亮的眼睛、白皙的肌肤、红润的嘴唇，干净而明媚。她头发辫成两个麻花辫子，笑得很灿烂。她的身边围着一群藏族孩子，他们的背景是蓝天、草原、喇嘛寺。

他的心立刻"怦"的一声剧烈跳动。他仔细看那篇文章：

24岁这年，我终于为我自己的人生找到了一种理想的方式。我离开了城市，来到这里，西藏，阿里。

西藏高原人称是"世界屋脊"，它西部雪峰林立、百川奔突于万仞丛中的阿里则是世界屋脊的"屋脊"了。地球上最大、最雄伟、最著名的喜马拉雅、冈底斯、昆仑、喀喇昆仑山山脉交错横亘在阿里境内，形成了平均海拔4000米以上的高原上的"高原"。由于山高路险，干旱缺氧、气候恶劣、人迹罕见，加上神山圣湖，古格的灵幻传说，使阿里显得更加神秘莫测。自古以来，就成为全世界探险者向往的地方。

走进阿里，就像走进了一个混沌未

谁拣到这张纸条我爱你……

开的洪荒世界。这里有史前风光般亘古不变的风物。景象辽远空灵、超凡脱俗，具有一种别具一格的荒野之美，没有人能在这些景物面前无动于衷。

最初，我是为了寻找我生命中最爱的那个人而来到这里的。但是渐渐的，我发现，这里生活着一群我更加爱的人。我与他们住在一起，喝酥油茶、吃牦牛肉、唱歌、跳舞。平日里给阿里的孩子上课：汉语、数学、英语，什么都教。他们太缺老师了，他们渴望有人走进来，聆听他们的呼吸。

在这里，我才感觉个人生命在自然面前的渺小，过去让我不能释怀的心理沉疴，在这里如尘埃一般飘散在广阔的天地间。
……

一年后，我将离开这里，重新回到城市，

不过，也许，那时候我已经不愿意离开了……

任啸一字不落地看完杂志上的文章，再仔细看照片上的女孩。他记起那个万圣节的夜晚，虹桥机场，那个女孩孤身起舞的身影。

杂志上有女孩的名字，叫苏航。

他觉得自己不能再等待了，于是，他拿起电话给公司的主管，说要请一个月假，必须请，如果不准假就辞职。完后，他给女朋友打了电话，他说觉得很抱歉，但是真的无法这样过下去。然后他开始收拾行李，买了去拉萨的机票。

当他在拉萨准备独自踏上去阿里的行程时，许多当地人以及旅行者都劝他，说那里太危险，不少孤身探险者葬身在那里。他却毅然决然。

他租了一辆越野车，穿行在那些无人区。晚上，如果能够遇到藏胞的帐篷，那就是天幸，他可以与藏民一同睡在他们帐篷里，喝青稞酒和酥油茶，否则，只能在车上睡在睡袋里，吃方便面。有几次，他的车陷落在水里，幸好每次都在附近找到了藏民，否则他就死无葬身之地了。

总之，一路的艰苦是他从未尝过的。但是越到生命的绝境，他越能体会到女孩的选择，对女孩的思念和爱慕也与日俱增。

一路上，他看到了古格王国遗址，这个王国延续了500多年之久，对西藏佛教的后期发展起了重要作用。那些规

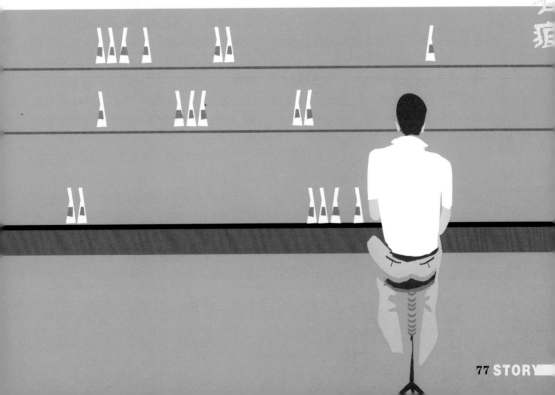

模宏大的建筑、那些壁画，让他看到历史的沧桑巨变。

他看到了如同月亮一般的玛旁雍措湖，那是世界上最高的淡水湖，湖水清澈蔚蓝，周围寺庙林立，朝圣的人们虔诚地跪行着。他们的虔诚打动了他，让他的内心逐渐平静。

一路上，他向藏民打听那女孩，但大家都是茫然地摇摇头。

他想，女孩应该穿着格子棉衬衣和牛仔裤，如杂志上一样，梳着两条麻花辫子。女孩应该和孩子们开心地笑着。她的脸上和那些孩子一样，应该已经出现了高原红，看上去朴素和健康。任啸的脑海里不断浮现那个女孩的身影。

可是，要在茫茫的西藏阿里找一个人谈何容易？尤其是很多地方根本没有通车。

任啸想：也许这个万圣节只有在拉萨过了，也许这次无法找到她了。

他决定去一个酒吧，当他知道他们相识的那个"阿伦故事"在拉萨的德吉路也有一家连锁店的时候，他决定去那里最后坐坐。

在拉萨的街头往酒吧走去的时候，他突然站住了，他看见远处低头走来的那个女孩。

她缓缓抬起头，表情凝固了，不相信似的看着他。

他们就这样彼此注视着，一分钟，两分钟，世界在此刻都停止了转动。

他的脸变得粗糙，一副失魂落魄的样子。他不再像那个衣着光鲜的IT精英，可是她觉得内心一种巨大的爱意升腾而起，笼罩着她。

"你来了？"这是女孩说的第一句话，似乎她一直在这里等待着他。

"来了。"他的回答如此简单，仿佛他们只是有一个平常的约定。

只有他们知道，这个约定是他们用彼此的生命来许下的。

终于，他们拥抱在了一起。

他说："在这里一起呆完一年光阴，然后一同回去。"

她说："先回成都，到那家值得我们终身纪念的酒吧去坐坐。"

他说："然后，每隔三年，要来到阿里，来纪念死在阿里的杜湉。"

她说："除此以外，还要给这里的孩子带来外边的讯息。"

他说："然后我们要结婚，要一个孩子。"

她说："要教他学会唱那首很老的英文民谣《谁拣到这张纸条我爱你》。"

他们这样语无伦次地说着，哭了，又笑了。

夕阳金色的光辉从窗口投进酒吧照耀着他们，将他们的身影映成剪影，周围是一群来自世界各地的游客，他们并不知道发生在他们身边的这样一个故事。

西贡情人

ALLEN STORY

西 贡 情 人

最后我选择了去一个遥远的城市，选择那里完全是因为杜拉斯的那本小说《情人》，码头、轮渡、汽笛、遗留的法式建筑……

在"五一"的时候破例哪里也没有去，只是想一个人呆着，我去了本地最著名的一家酒吧。其实上次和朋友去过这家"阿伦故事"，在心下一直想仔细看看那本《心情故事》，上次看了一本，觉得很有意思，于是便有了一种探询别人内心的欲望。

没想到"五一"的"阿伦故事"同样热闹非凡，在幽幽的灯光下弥漫着随意的气息，从不同的表情里可以捕捉到一个人的心情！看到很多种无奈和寂寞、叹息和喜悦、相思和相恋，我的思绪亦随之飞翔。

突然我看到一段英文中夹杂着中文和其他文字

的留言，大意如下："安，你在哪里？我现在在中国，我多么希望能够见到你！希望你能突然出现在我面前，就像我们一年前在西贡第一次谋面时那样！知道么？我有多么的爱你！"我突然想到网上的一篇文章，难道这里提到的安就是那篇文章的作者？

安的文章如下：

2002年深秋的时候，我最爱的人舍我而去，最令我不能接受的是她和我最好的朋友结婚了，在10月1日他们结婚的前一天，为了疗伤也为了避开他们婚礼对我的刺激，我决定出去躲上一段日子，不想有任何人打搅我，不想让任何人看到

我的眼睛直直地看着那个女孩懒懒的穿着拖鞋过来，头发披散着，那张脸却精致的像一件瓷器，面若桃红、大大的眼睛、肤白如雪，绝对不是本地的女子，却又有本地女子的韧性，飘然的长发夹着一种很好闻的香气，

我颓废和潦倒的样子，我希望保留自己那最后的一点点尊严。

最后我选择了去一个遥远的城市，选择那里完全是因为杜拉斯的那本小说《情人》，码头、轮渡、汽笛、遗留的法式建筑、蒙着面纱骑着摩托的越南女孩，还有印象最强烈的女主角的那双修长而美丽的腿！

独拉锁西街是我每天要去的PUB，我一直在找一个可以令我解除寂寞的酒吧！来的时候希望寂寞，一旦真的很寂寞的时候我又希望能找到一个令我可以不再寂寞的地方。离开朵拉已经三个月了，这期间我没有任何女人，在酒店的外面我费了很大的劲和那个三轮车夫阮吉明交谈，我希望找个越南女孩。

阮吉明在离开20分钟后回来给了我一张卡片，卡片上写满了越文，阮说太远了，示意我还是打车过去。

车行了很远，我被放到了西贡河边的一个批发市场旁的小街上，司机指了一扇门给我。

门敲开了，我发现这里好像不是一个红灯区，更像一个住户人家的里弄。正迟疑着，为我开门的人从里弄的深处喊了一个女孩出来。

那个女孩懒懒地穿着拖鞋过来，头发披散着，那张脸却精致得像一件瓷器，面若桃红，大大的眼睛，肤白如雪，绝对不是本地的女子，她飘然的长发夹着一种很好闻的香气，就那一个微笑露出的整齐洁白的牙齿，便先让我醉了，我觉得简直是在欣赏一件艺术品。

我慌不迭地藏起那张略有隐情的小卡片，似乎一旦那张卡片落入她的手中自己便会有种在光天化日之下被剥光的感觉！周围的人七嘴八舌，可以听出他们要我交出那张纸片。"他们说你要问路？"她讲的是一口流利的英文，我说不是的，朋友们说这附近一处红灯区，我正好路过，顺便想看一看和其他国家的有什么不同！我自己能感觉到局促的话语和内心的慌乱！

"你一定走错了，这里是从化路，我想你说的那个地方应该在顺化路一带。离这里几乎穿城的路程。"听到这句话，我的心里笃定了下来。"原来差一个字，却是完全不同的方向。"心下倒感谢起这次错误来。

她的声音很甜，一种天籁之声，足以让男人迷醉的那种。我谎称自己才到这个城市，厚着脸皮请求她做我的导游，她犹豫了一下，把我的电话留了下来，我从她的眼神里能看到一种兴奋的光芒，这种光芒鼓励我的内心开始放肆地激扬！

回到酒店我竟一夜不能成眠，我不知道明天能不能接到她的电话。

第二天我一直呆在酒店里，盼望她的电话，但一直没有消息，我像一个神经病一样不停地把手机拿出来看有没有信号。可是什么也没有。在酒店里吃了一些东西喝了一瓶红酒后便像一条死鱼一样沉沉睡去。

被电话声吵醒的时候，我条件反射一样弹了起来，电话那端说的是中文，我听到一个美丽的女人的声音："我是贝莎，前天下午从化路那个女孩……"我像一个溺水很久的人突然抓住了一根救命的稻草，于是我的生命得到了重生。

贝莎从西贡的一所师范大学毕业，学的却是国际贸易。贝莎的中文十分好，西贡有几家电视台都播中国的新闻联播，我曾经怀疑是否有人能看懂。

有贝莎陪伴的日子自然感觉生活充满阳光，我竟然忘却了离开国内时那份阴霾的心情。在头顿、在西贡河畔的码头、法式的别墅里都留下了我们的身影，在法国餐厅就餐的时候我能感觉到人们投来的羡慕的眼神，我们时而用中文时而用英文交谈。而且贝莎居然还能讲一口流利的法语。此刻的贝莎自信、明丽，一扫头一次见面时的忧郁和慵懒。

我能从彼此的微笑里看到彼此心底滋生的情感在西贡闷热的9月疯长。她潮红的面颊总能向我传递一种青春的气息，从她的眼神里总能捕捉到一丝羞涩。

贝莎从不到我的房间，直到那天我们在蒙巴莎的Allen Story Cafe喝酒，我们谈了很多。她告诉我说呆在越南令自己窒息，她已经结婚了，自己有个单亲

月光如水，透过出租车的车窗，照在贝莎的脸上，素洁光润，那张清纯雅致的脸，让人怜爱得不忍释手，四目相对时竟已是泪水涟涟。

家庭，父亲是个法国人，母亲还大着肚子的时候就被抛弃了，后来嫁的另外一个男人也死于战争，留下同母异父的弟弟、妹妹。母亲为了对方的财富和权势，而自己也为了弟妹能读书，委屈嫁给了现在的老公。

那个男人有些智障，但他的哥哥却位高权重。开始和那个男人睡在一起时，贝莎就会恶心不止，直到现在感觉似乎已经麻木了。

那天贝莎喝了很多。我想她是醉了，我坚持要送她回去，结果我也醉得不行了，她又坚持要送我回酒店。我们在出租车上热吻，我说："贝莎，我爱你！"贝莎说："安，我也爱你！"我们突然像两个受了惊吓的孩子在西贡的热风中清醒！

月光如水，透过出租车的车窗，照

在贝莎的脸上，素洁光润，那张清纯雅致的脸，让人怜爱得不忍释手，四目相对时竟已是泪水涟涟。

"能跟我回去么？"我的声音很低，生怕撞碎了某样东西。贝莎的嘴角浮现一丝飘若惊鸿的浅笑，"你会真的爱我么？"我用力地点了一下头！

从进入房间的那一刻，我们没有停留地拥吻，我的心被剧烈地冲撞，那洁白如玉的肌肤和一种陈酿的暗香袭来，使我的呼吸变得格外的沉闷。我们纠缠着，不忍分离……

我发现床单上殷红的一摊血，我用目光去探询贝莎。"他除了智障还有其他的障碍。"听到这里我的眼睛又模糊了，我不假思索地说："贝莎，和我回中国吧！"

我在中国有自己的公司，虽然不是大富大贵，但也算小资一族，尽管近来情场失意，但贝莎已经令我忘却了一切的不快！

国内的劳工准证和商务签证很快寄了回来，问题是贝莎要和她的老公离婚是不太可能的事，和我离开西贡无异于"私奔"。贝莎常常和我在一起已经引起了她先生家里的极度不满，她很少可以出来了。

逃离西贡的日子定在7月7日，我提前定好了机票，先飞香港再转道国内。那天的前夜我不能成眠，我不知道我这样做对不对，于感情与道德都是无可容忍的，于我32岁的年龄似乎亦不相符，这次我却全然无所顾忌了，但有一丝的忧虑在心头扎下了根。

贝莎现在在我
们生活的这座城市流
浪，她去安以前常去的
"阿伦故事"，因为希望在这
里遇到安。

那天西贡居然阴雨绵绵，这在越南的7月的确是不多见的天
气。在机场我的目光一直没有离开出港厅的入口，但我一直没有
见到那张熟悉的面孔，直到广播一直催促最后一次登机时我才彻
底绝望了，我不知道我会不会永远地失去贝莎，但至少我现在已
经失去了。

贝莎的自述：

我老公的哥哥最先发现了一切，他一直逼我说出安在哪里，
是坐哪一班的航班，我说我们约的是后天离开，我想我绝对不能
带他们去机场，宁可自己一死也不能连累安。我几乎被他们打
死，这一切都归罪于那个小个子司机。

被软禁了几乎一年，终于在一个午后我逃离了那个"家"。

凭着一些积蓄，我请蛇头帮我从东兴偷渡了三次，前两次都
被遣返，第二次还差点被越南兵强暴，多亏了随手带的水果刀帮
了我。

关于结尾：

贝莎现在在我们生活的这座城市流浪，她去安以前常去的
"阿伦故事"，因为希望在那里遇到安。我和她聊过一次，她现
在买了一张假的中国身份证，好在贝莎的中文很好，得以在一家
外贸公司打工，我写下这些文字，希望她的安早日看到……

帅哥向左 美女向右

ALLEN STORY

帅哥向左 美女向右

"我一直觉得他比我小，而且以前从来没重视过他的存在，但自从上次在这里再次相遇，我觉得他简直变得又儒雅又帅气了，难道男人也会'男大十八变'？"

分手时小菀甚至连他住哪里都没有问，因为小菀始终觉得憨头比自己小。

小菀和乔枫认识已经有10年了，以前两个人就是邻居，小时候玩过家家的时候，还扮过夫妻，但随着年龄的增长，却反而生分了。自从上了高中以后两个人就没什么联系。后来各自考了不同的大学，一个在北京，一个在青岛。小菀比乔枫还大一岁，当初乔枫好像写过一封信给小菀。但当时小菀正在热恋当中，对此也就没有做出任何反应。

乔枫读的青岛这所大学和小菀的那所名牌大学自然是无法相比的，因此他心里就多了几分自卑。

小菀长得乖巧伶俐，属于小鸟依人的那种，明眸皓齿的，自然很快成了小伙子们追求的目标。乔枫在去读大学之前却是憨头憨脑的感觉，长得倒是眉清目秀，但却头大身小的让人觉得好像没长熟的冬瓜。同学们给他的绰号就叫憨头。

憨头在大一那年算好了日子，准备给小菀一个惊喜，之前连电话也没打，坐了十多个小时的火车进北京，买了一个很美的洋娃娃准备送给小菀做生日礼物。憨头赶在午饭前找到了小菀的寝室，准备请小菀出去吃饭。憨头敲响了寝室门。

"找小菀。"

"和男朋友去食堂了。"

乔枫被小菀的室友请进屋里，如坐针毡地等她，心里怪怪的。乔枫说："我们是同学，我从青岛过来。"室友们告诉他："很快就会回来。"

小菀吃完饭回寝室，见了乔枫很吃惊。"我过北京来办点事，顺便来看看你。"小菀"哦"了一声，便问乔枫吃饭没。乔枫说早就吃过了，其实他已经饥肠辘辘了！拿出那礼物，乔枫说："我刚刚想起来，好像今天是你生日，顺便买了这份礼物给你。"分手时小菀甚至连他住哪里都没有问，因为小菀始终觉得憨头比自己小。

菀儿的爱情没有什么悬念，恋爱——分手——离开北京——回到成都。乔枫也找了个女孩，结局仍然和菀儿没什么区别，不同的是经过大学三年的磨练，当年的憨头已不复存在，乔枫已经出落成一个眼明口快、做事干练的帅小伙。

乔枫在北京受过打击之后就对菀儿死心了，他知道菀儿在一年前就回成都了，但没有动去找她的念头。乔枫最后分在成都的一家银行做客户经理。

相 遇 阿 伦

再次遇到小菀就是在"阿伦故事"，那天他们那帮铂金级的王老五在"阿伦故事"聚会。远处的那桌喊喊喳喳的美女太抢眼球，成了无数桌帅哥兵团的主攻方向，但那帮美女却久攻不下，最后他们定下了目标，只要谁有本事晃一个妹妹过来敬一杯酒，每人罚款100元给他，现场交割且不需要买单。

乔枫喝得微醉，轮到他出马的时候他已经有点晃晃悠悠。走过去时美女们仍然对他没什么好脸色，只顾玩骰子，却突然一个美女抬头和他对视了一眼，"憨头！？你怎么也在这儿？"这一下就把乔枫酒吓醒了一半，当他发现久违的菀儿时，竟然是诡异的一笑！

乔枫赢了钱自然开始请菀儿一起吃饭，吃了饭自然想着去喝酒。于是讨论了一圈，最后还是决定去"阿伦故事"。

第一次两个人坐在一起，边喝边叙旧，最后喝得两人抱头痛哭。走到门口，乔枫痛苦万状地对菀儿说："我们分头走吧！你向左我往右。"

向 左 向 右

在"阿伦故事"，每次乔枫成功认识一个女孩的时候都会给菀儿一个V的手势。菀儿桌前的帅哥也是一拨一拨的换，出门的时候两人又走到一起。菀儿和乔枫各自品评对方桌前的男人和女人，最后嘻嘻哈哈调侃一番。但每次回到彼此的住处都有种若有所失的感觉。

菀儿再到"阿伦故事"，乔枫却渐失了与陌生女孩一起聊天的兴趣。虽然两个人隔了很远，菀儿的眼神却也多了几分望过来的关注。

那天有位喝过了头的仁兄出了门还

苑儿再到"阿伦故事",乔枫却渐失了与陌生女孩一起聊天的兴趣。虽然两个人隔了很远,苑儿的眼神却也多了几分望过来的关注。

缠着菀儿，最后乔枫差点和人家动手。乔枫送菀儿回家，一路无语。

之后乔枫再也没约过菀儿一起去"阿伦故事"，再去也是和朋友一起去。乔枫再也不能忍受，一个向左一个向右的这种泡吧模式，那天就要分手时他突然发现原来自己还是那么爱菀儿，可是他真的不敢说，他担心也许说了，两个人连朋友都没得做。

那天乔枫仍然去"阿伦故事"，和朋友们赌酒，喝得很晕。去过洗手间回位子时突然看到门边有一排写着"心情故事"的本子，顺手拿了一本回座位，胡乱翻了几页。突然在一个题目前定了格，《帅哥向左美女向右，我宁愿两条线相交》。乔枫急急看下去，"我一直觉得他比我小，而且以前从来没重视过他的存在，但自从上次在这里再次相遇，我觉得他简直变得又儒雅又帅气了，难道

男人也会'男大十八变'？虽然每次从这里分手，我们一个向左一个向右，虽然我和其他人谈笑风声，但我一直在注意他，每回我的心都被他的一颦一笑牵动着，我想我是不是已经爱上他了，但我不知道他是否一样喜欢我，因为有那么多女孩子喜欢他。我真的很矛盾，也许我们本不该相遇。"乔枫吃了一惊，急急地看背后的落款，这一惊非同小可。

情人节的礼物

快过情人节了，乔枫提早半个月约菀儿，很无赖的口吻："反正你也单身，我提前预定了哈，情人节陪我，我们一起去'阿伦故事'，一个向左一个向右哈。"开始菀儿很兴奋，听到最后便淡淡的，甚至生出恼怒出来，心里100个不满，话到嘴边却变成了"好吧"两个字。

情人节那天，菀儿在楼下，乔枫为她定了个极好的位子，自己却上楼去了。在做一个最刺激的猜价格游戏时，就在一枚钻戒的价格很快就要被猜中时，主持人接了个电话，说楼上的客人要求暂停。服务员又送上来一颗更大的钻戒。主持人说客人在电话里表示要求婚，整个酒吧一下炸开锅了。菀儿本是一个人正无聊地看节目，这时不由激灵了一下。这时主持人已经把她的桌号报了出来。乔枫从舞台的楼梯口走了下来，灯光下的菀儿大张着嘴，幸福的泪水从脸颊上滑落下来……

阿伦故事
QQ版
ALLEN STORY

阿伦故事 QQ版

男人给女人打电话 de 十大秘籍

1、请记住，你不是在勾搭陌生女人，而是准备贡献一点你的时间，与对方一起探讨一些关于人生的问题，然后一起去蹦迪。

2、注意：当别的桌子上有比你更强壮的男人时，就算那一桌的女人让你很陶醉，也千万不要打电话，除非你有足够的把握或熟谙"虎口脱险"。

3、一个孤独的男人不要给有三个以上孤独女人的桌子打电话，否则后果自负。

4、打电话之前最好借故到四周转一圈，以免不小心把恐龙当孔雀（建议从左边楼梯上楼，右边楼梯下楼，最好在楼上呆足2分钟，以免别人误以为你没上厕所）。

5、如果接电话的女人说普通话，你就说成都话，如果她说成都话，你就说双流话，她说双流话，你就说外国话，她要是说英语，你就不要说话（周三英语日除外）。

6、邀请对方之前最好先聊一聊，装腔作势一番，在此期间用眼角的余光或者请朋友观察，到底谁在和你说话。如果是会员，赶紧调她的资料。如果她坐在楼上你坐在楼下，建议你在俱乐部安装一台潜望镜。

7、邀请对方的同时潇洒地向服务生要酒，以显示你的气质和你的经济实力（其实要一杯"你的美丽让我心动"特饮更划算，才28元，还能买到一句"哇噻，好浪漫"）。

8、一边品酒，一边不经意地说几句唐诗宋词或者周星驰的经典对白，或者邀请对方与你一同参加俱乐部的会员活动，当然也可以午夜放歌。

2、注意：当别的桌子上有比你更强壮的男人时，就算那一桌的女人让你很陶醉，也千万不要打电话，除非你有足够的把握或熟谙"虎口脱险"。

9、男人最要紧的是风度，如果来到桌前的女人让你失望，请用最美好的微笑善待对方，也许会有意外的收获（你可以邀请对方一同去看会员活动照片或玩飞镖，然后说"BYE-BYE"）。

10、如果你的电话被不客气地挂断，纯属正常，请别立刻放下电话，而是装模作样摇块晃脑说一番，再沉稳冷静地作无比幸福状放下电话。

女人打电话de十大秘籍

1、如果接到男人的电话，千万不要相信他仅仅是贡献出一点时间与你讨论人生问题。不过偶尔被人勾兑一下也是一种幸福，证明你很有魅力。

2、注意：这仅仅是一个游戏，如果你认真地游戏，一定会很开心，如果游戏结束之后还要认真，后果自负。

3、男人是一种最容易自我陶醉的动物，所以你不用费什么劲就能让他迷失方向，但迷失方向的男人也是一种危险而有趣的动物，好自为之。

4、就算感觉好，也不要立刻接受邀请，给他们一点神秘感，你会更有魅力。

5、打电话之前别喝醉了，喝些果汁即可，因为打完电话一定会有男人请你喝酒，不过最好别让男人“出血”过多，否则他脸色一定不好。

6、记住要在喝醉之前离开，给同行的女伴交代好，别误拨110。

7、如果你决定打电话给一个可爱的男人，请先把眼镜戴好，记住别嚼口香糖，呼吸要均匀，千万别哮喘。

8、电话铃响后，你拿起电话可以先别讲话，男人喜欢神秘莫测的女人。他说普通话，你可以说四川话，他说成都话，你就说普通话，他说双流话，你就说中江话，他说外国话，你就挂电话（周三英语日除外）。

9、男人在电话里的话都是有备而来，不要轻信，了解一个男人的最好办法是坐到他身边，直到他喝醉。

10、最好不要一声不吭地挂断对方的电话，太不淑女。如果你实在烦他，可以温柔地说一声“呸”。

8.电话铃响后，你拿起电话可以先别讲话，男人喜欢神秘莫测的女人。他说普通话，你可以说四川话，他说成都话，你就说普通话，他说双流话，你就说中江话，他说外国话，你就挂电话（周三英语日除外）。

成都时尚男女的

10种卡通爱情

牵手：牵手的最佳方法是约她去吃人民公园的老奶蹄花，右手握筷为她夹上一块猪手，左手趁机抓住她的手，并动情唱道："因为牵了你的手，来生还要吃猪手"。

1.相识：时尚男女相识的最佳地点是九眼桥头的劳务市场，那里比较容易找到"茫茫人海中，你是我的惟一"的感觉。

2.表白：约她去周家桥或红牌楼菜场的肉食摊前，指着案板上的猪肉内脏对它说："你是我的心，你是我的肝，你是我生命中的四分之三……"不过千万别指错了兔脑壳，否则她会一撇嘴"我看你瓜兮兮的"。

3.牵手：牵手的最佳方法是约她去吃人民公园的老奶蹄花，右手握筷为

她夹上一块猪手，左手趁机抓住她的手，并动情唱道："因为牵了你的手，来生还要吃猪手"。

4.接吻：时尚男女接吻的浪漫地点是菊乐路的辣螃蟹，因为在那里双方都可以尽情地先吃一些大蒜……

5.看电影：如果通过看爱情电影来考验爱情，"阿伦故事"认为：关键是片子的选择，比如像《泰坦尼克号》、《弦动我心》、《浪漫樱花》这一类电影。

6.拥抱：时尚男女的拥抱一定要讲究含蓄。比如，陪她去盐市口天桥买条小狗，回家时让她抱狗，然后你再连人带狗一起抱走，狗千万别选太贵的，否则不幸走失又登报又悬赏，你可就既赔夫人又折兵。

7.送花：玫瑰是严肃的爱情，卡通爱情送什么呢？"只要感情深，哪怕吃侧耳根"，"只要感情在，哪怕吃酸菜"。侧耳根和酸菜包上漂亮的玻璃纸也是你的首选。

8.健身：时尚阳光的卡通爱情自然离不开双方共同健身这一重要的内容。在这里我们郑重地推荐——裸泳。双方于半夜三点从一号桥下水，顺府南河往下畅游。沿途可欣赏成都夜景，同时自己也成为成都的一道夜景。

9.上网：从网上寻找爱情需要更多的技巧，比如在"天虎社区"注册，你要把握三个要点：一是精心选择自己的会员名，如"拎壶冲"、"笑熬浆糊"之类；二是精心选择照片上传，男生最好风衣墨镜，女生少不了隐形吊带；三是精心构思个人简介，比如一位女士这样自我介绍："酷爱狗，爱酷狗，狗爱酷……"

10.GO TO BED：严肃爱情和卡通爱情都比较含蓄，往往以此表示，但区别仍在，严肃爱情去HOLIDAY IN，卡通爱情去九眼桥旅社；严肃爱情GO TO BED前喝新天干红，卡通爱情GO TO BED前喝红星二锅头；严肃爱情GO TO BED后听萨克斯，卡通爱情GO TO BED后听康定情歌。

假面

谁也没有想到，一个假面舞会，会把陌生的他和她推到一起。他们走出喧闹的舞厅时，已近黄昏，一缕西斜的阳光，从高低不平的建筑向送下来。

"你在哪里工作？"他突然问。

"哦！离这儿不远，顺街往前走，前面那座桥东'阿伦故事酒吧'当服务员。"她微名朱唇。

他们走着走着，他想：她真美。

她也想：他够酷。

他又冒出一句："那一定很好玩吧？"

她从沉思中惊醒。"其实也没有什么，还不是给人调调酒，送送饮料，很无聊的。你呢？"她眉一扬。

"我吗？在那边。"他朝南边指了一下，"磨子桥川大。"

"川大！你在那读书？"她一脸的向往。

"对，就是川大，我英语系二年级。"他说。

这时川大的交通车正巧从他们的身边徐徐开过。他顺手指向交通车："你看见那车了么？每天都从

几所高校开过，是我们的校车。"

"大学生活，我没有。一定很美妙、很浪漫吧？"她眼里充满了向往。

"也不尽然，多数时候也是很无聊的。"他幽幽道。

不觉天边只剩下最后一抹红色，她没有接受与他共进晚餐的邀请。她说她得赶回家吃了饭好去酒吧上班，他说他明早再回学校。

他们在体院门前分了手，她拐过街角的银行，经直走到昌都宾馆门前的车站，一辆蓝色的校车停了下来，她跳了上去，很快消失在一环路的尽头。

他甩掉烟头，又点燃一支，顺菊乐路走到周家桥附近，进了那间酒吧。灯光变幻着，悠扬悦耳的音乐奏着，迎面走来一个白衣侍者。"经理，您来了啊！"他点点头，往柜台走去……

一直没有一个人去参加派对的勇气，直到有一天看了这样一个派对的题目，便有了去参加的渴望。

游戏就在最时尚的"阿伦故事"的二楼举行。

无论是"杀人游戏"，还是"斗地主"的时候，我都希望自己是个输家，因为我们这一大拨人男男女女的，所以绝对没有其他桌的帅哥会给我打电话过来的，但楼梯口临窗的那个帅哥已经让我的心狂跳不止了，我呼吸急促……

输家被要求给异性打"骚扰"电话，至少说三句："喂！粥润发在么？"于是大家狂笑不止。

我终于成了输家，我毫不犹豫地给那个帅哥拨通了电话，刚说了一句："粥润发在么？"一个极富磁性的声音传入了我的耳膜："我注意你很久了，但没敢给你打电话。"我突然哑口无言，突然想到了这次游戏的主题"天黑请闭眼"，于是便忘记了我还处在很多派对伙伴们关注的目光里闭上了我的眼睛，我想幸福也许就在不远处向我招手……

天黑请闭眼

于是便忘记了我还处在很多派对伙伴们关注的目光里，闭上了我的眼睛，我想幸福也许就在不远处向我招手……

打望有理 泡吧无罪

"吃欺头"爱去"阿伦故事"喝酒，他本来就嗜酒如命，每次爱坐在楼下有利位置以便能阅尽美女，指点乾坤，结果每回都因能认识不同的美眉而兴致大涨。这天他一个人来到"阿伦故事"，要了半打酒喝得微酣，却见美女如过江之鲫飘然而过，不多时已经眼花缭乱。为了确认最后给哪一桌打电话，吃欺头准备上楼去打望一下。

"小妹，帮我看下酒行么？"

"怎么？"服务员问道。

"我要去洗手间的嘛！"

服务员用眼角一楞道："没得事的，我不收掉酒就是了，你去嘛，我都忙不过来，没得人会动你的酒的！"

"不得行哟，万一人家偷喝了我的酒怎么办呀！要不然你给我一张纸和一支笔嘛！"

服务员把笔和纸送上，"吃欺头"在纸上工工整整的写下了："我在里面吐了一口痰！"把它贴到了杯子边边后头！

一身轻松的"吃欺头"放心大胆地在楼上把每桌美眉看了个仔子细细，终于确定了电话聊天的目标。

下楼来，见没有人动杯子，为了壮胆先一口把酒闷了！操起电话准备聊天！

突然他发现纸后头的字有一点点不对的嘛，赶紧凑到眼前去看："我也在里面吐了一口！"纸条的下面又多了歪歪扭扭的一行字！

我也在里面吐了一口！

刚进去的时候就被美女们的香肩艳腿给晃晕了，偶们想："夏天真TMD好，美眉们的线条都像用笔画出来的！"

我是良民 宠爱我

我、David和一班兄弟去"阿伦故事"喝酒，人太多，刚进去的时候就被美女们的香肩艳腿给晃晕了，偶们想："夏天真TMD好，美眉们的线条都像用笔画出来的！"

刚找定位子，就被四个美女包围，"银子弹"射了过来，其中一个兄弟中弹了；"蓝带"更以柔情相威胁另一个兄弟就范了；"新天干红"的国色天香绊倒了我们最威猛的那个帅哥。可怜的David目光痴痴的锁定了卖瑞典伏特加的那个妹儿，我说："David你不是得了老年痴呆症吧？

我们面前堆了四种酒，David未饮先醉："阿伦，那个妹儿真的好、好巴适哟！我、我已经爱上她了！"我用手掌试了一下他额头的体温，没得发烧嘛！"阿伦，我要泡她！"

"别做梦了！这些卖酒的妹儿可是男人见了成百上千了，起猫猫心的绝对不会就你一个！"大家七嘴八舌地把David的脑壳洗了一遍！

"可是，我真的爱上她了。"David的目光是绝望的那种，眼球是红红的像个兔子，我说："丫的，你真要喜欢哥哥我就成全你了！"大家的目光聚焦到我的身上，如果穿的是"的确凉"怕是要着火！

"带了身份证没有？"David的目光变得柔情似水。"拿着身份证上去找她，态度认真一点告诉她'我是良民！我想和你交个朋友！'"哈哈哈，几兄弟笑得就差缩到桌脚去了！

从楼上下来以后David笑得坏坏的，"丫的成了！"我受用着兄弟们崇敬的目光。（注：本人的发型才是注目率最高的踏踏、那是由《时尚先锋》为偶设计的）

故事的结局是这样的：David用偶的别克车的后备厢装了那个美眉的***自行车接她下班，说好了送人家到家就回来，结果中途倒拐去***吃宵夜，害偶们等了2个多小时。真是兄弟如衣服，美女胜手足呀！"十一"他们结婚，兄弟几个联系了最好的***婚纱影楼给他们送了份大礼！

David用偶的别克车的后备箱装了那个美眉的***自行车接她下班，说好了送人家到家就回来，结果中途倒拐去***吃宵夜，害偶们等了2个多小时。

蜡笔小心泡吧记

小心："叔叔，为什么总带我来'阿伦故事'喝啤酒？"

陈小春："这里很漂亮啦！"

小心："可是你的眼睛为什么总是直直地看着人家美女姐姐？"

陈小春："有没有搞错，叔叔只是脖子扭到了嘛。"

小心："笨啦，可以打电话过去嘛。"

电话铃声响起。

小心："喂，哪位？"

美女："小帅哥，可以请你一起喝杯酒吗？"

猴年IN的笑话

（酒吧里的那只猴子）

有位先生酷爱养宠物，尤其喜欢带他的宠物猴子出去玩。有天带猴子来"阿伦故事"喝酒，刚坐下一会儿猴子就开始到处打望，突然它发现一个瓶子里有很多乒乓球，于是跑过去拿了一个，因为那上面是客人留的交友电话，服务员急忙追过去，猴子一急把乒乓球塞进了嘴里并且不小心吞了下去。服务员告诉那位先生："呵呵，先生！你的猴子把我们的乒乓球吞进去了！"先生十分生气："这只该死的猴子总给我惹事！算了，算了我还是先带它回去！"

隔了半个月这位先生又带着猴子来喝酒，一会儿服务员又跑过去，先生说："怎么？我那只可爱的傻猴子又惹事了么？"服务生道："倒没惹什么事，不过它到处拿了花生、板栗、香蕉，奇怪的是它先把那些吃的塞到肛门里，然后才抠出来吃掉。"

"嗨！别提了，自从上次在你们这里吃了乒乓球以后，现在不管它吃什么东西都要先测量一下尺寸！"

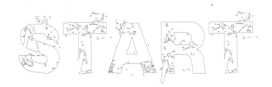